MW00776823

Dépôt légal - 1ᵉʳ trimestre 2017

Bibliothèque et Archives Nationales du Québec, 2017
Bibliothèque et Archives Canada, 2017

Soleil d'Hiver, février 2017
ISBN : 978-2-924715-0-24

Montréal - Canada
www.presses-panafricaines.com

Safiatou BA

Les fantômes du passé

Roman

Les fantômes du passé

À mes neveux Konaré : Atou, Mala, Iba, Baba

On a beau faire ce que l'on peut, il arrive que la vie nous passe dessus. Nos conduites et nos sentiments ne nous appartiennent pas entièrement. Ils sont déterminés par ce que les autres nous donnent ou nous prennent... !
Carla Guelfenbein *(Le reste est silence)*

— Pouffiasse ! Salope salée ! Pomme de terre pour-
rie ! Brebis galeuse…

Chakani tentait vainement de se relever, mais re-
tombait fatalement dans son lit. Ni ses mains ni ses
pieds n'arrivaient à le supporter. Ce qui en rajoutait à
sa rage. Et il continuait de hurler :

— Pour qui te prends-tu, hein ? Penses-tu que tu as
tous les droits dans cette maison ? Pour quelle raison
te permets-tu de perturber mon sommeil ?

Il essaya à nouveau de se soulever. Mais la force lui
manqua, et il retomba comme une limace éméchée.

— Je me réveillerai à l'heure que je veux, et je n'ai de
compte à rendre à personne

— Je vois que tu as encore bu, soulard ! Lui répondit sa mère en écrasant ses larmes.

— Je viderai une caisse de bière que c'est moi que
cela regarderait, pas toi. Tu sais, je t'ai assez supportée.
Allez, dégage et va-t'en en enfer ! Je suis chez mon
père et, ici, c'est ma chambre. J'y fais ce que je veux.

— Tu peux mourir aujourd'hui, Chakani ! cria la mère, cela m'est égal. Et si tu meurs, la vie va continuer, le soleil se lèvera à l'Est et se couchera à l'Ouest. Tu sais, j'ai vraiment pitié de toi et je te plains. Tu es devenu la risée du quartier. Quelle honte ! Allez, vomis ton venin, *dankadé*[1] ! Maudit d'Allah et des hommes !

— Va te faire foutre, maudite sorcière ! Tu ne fais que te plaindre. Dis-moi, n'as-tu rien d'autre à faire ? Sors de ma chambre et que je ne te vois plus jamais !

Chakani était maintenant assis au milieu de son lit, au prix d'immenses efforts physiques. Mais il n'arrivait toujours pas à en descendre. Il se serait effondré. Toujours debout et lui faisant face, sa mère continuait de le sermonner :

— Imbécile, idiot ! Oui, tu ne veux plus me voir afin de continuer à te tuer à l'alcool et à la drogue. Dans ce cas, continue et je serai au moins débarrassée d'un moins que rien.

— Débarrassée ? répliqua le fils en éclatant de rire. Je vais t'en faire voir de toutes les couleurs ! Mère, tu n'as rien vu encore. Espèce de *senkéléni*[2], d'infirme unijambiste !

— Ah bon, cria la mère humiliée ! Tu as honte de moi maintenant ? Oui, je suis *senkéléni* et c'est en te donnant la vie que j'ai eu ce handicap.

— C'est ton problème, répondit le fils sur un ton

1. Fils maudit !
2. Percluse d'une jambe.

calme. Puisque je n'ai pas demandé à venir au monde. Dieu aurait dû t'enlever tes deux pieds pour t'empêcher d'aller voir tes charlatans comme tu sais si bien le faire. Il faudrait t'en prendre à toi-même. C'est ton mauvais comportement et ton injustice qui se retournent contre toi. Tu t'en prends à tout le monde et surtout à Papa qui t'a mise dans les meilleures conditions. Tu ne rates pas une occasion pour l'insulter, l'humilier devant tout le monde. Tu ne veux que le malheur des autres et tu veux être heureuse ? Ah non ! Dieu veille. Il ne dort pas !

— Qu'est-ce qui se passe ici encore ? Fit une voix depuis la porte.

C'était Diamantio, le père. Il fit irruption dans la chambre, poursuivant sa diatribe :

— Jamais on ne peut avoir un moment de répit dans cette maison. On dirait que nous sommes les seuls dans le quartier. Faites un effort, je vous en prie. Que vous ne me respectez pas, d'accord, mais respectez au moins le repos de nos voisins. Djouldé, ce que vient de dire Chakani n'est pas un langage de soulard. Il faudrait t'en prendre à toi-même. Tu es mauvaise. Je vois que tu ne changeras jamais. *Walaï*, tu es Satan en personne.

— Oui, répliqua Djouldé en se hérissant, tu as toujours pris la défense de Chakani.

— Menteuse ! répondit Diamantio. Ce n'est pas toi qui as trop gâté ce garçon ? Chakani, mon fils, vas-y,

13

insulte-la quand tu veux, comme tu veux. Merde *wayi* !

Diamantio continuait donc à sermonner Djouldé et Chakani quand, soudain, la voix de Sériba le tisserand, leur voisin, se fit entendre. Il était essoufflé, avait la voix épuisée et le regard éteint.

— Diamantio, Djouldé, dit-il, haletant. Que tout le monde se cache Il y a une foule nombreuse qui se dirige vers votre maison. Ils ont des batons, des coupe-coupe et des haches. Ils n'ont que le nom de Chakani à la bouche. Mais, faites vite donc…

— Mon Dieu, protège-nous, cria la mère, je ne sais pas ce que Chakani a encore fait. Eh Allah !

Avant que la mère ne termine sa phrase, une foule hystérique fit irruption dans la concession.

— Tuez-le ! Où es-tu Chakani, *woulouden*[3] ? Tu ne mérites pas d'être en vie. On va te montrer qui nous sommes. Si tu es un homme, sors, lâche !

— Calmez-vous ! les supplia Djouldé. Je suis sa mère. Qu'est-ce qu'il a fait encore ? Je vous en prie. Ayez pitié demoi. Je vous écoute, racontez, s'il vous plait ?

— Vous êtes sa mère ? Alors, on va vous tuer aussi pour avoir mis au monde une telle pourriture. Vous devez être une bien mauvaise épouse pour avoir mis au monde un tel enfant ! Montrez-lui l'acte ignoble et indigne que son fils a commis.

---

3. Fils de chien.

Allez, cédez le passage. Viens Djita. N'aie pas peur. Nous sommes là. Avance, « *Chakani ko bana bii* ! »[4]

Aussitôt, une mère se fraya un chemin en sanglotant. Elle tenait sa fille par le bras, qui saignait abondamment.

— Regardez, madame ! Ma petite fille, Poupée, en revenant du marché, a été victime d'un viol. Selon la rumeur, c'est Chakani et sa bande qui en sont les auteurs.

Avant qu'elle ne termine son récit, la foule assoiffée de vengeance passa à l'attaque. Ils cassèrent tout sur leur passage : ustensiles de cuisine, réfrigérateur, ventilateur. Ils abattirent moutons, chèvres et volaille.

Diamantio essayait de calmer les esprits. Sans succès. Personne n'écoutait. Il se sentait faible et impuissant face à la triste réalité. Il allait tout laisser tomber quand la police débarqua enfin. C'était trop tard. Les dégâts avaient dépassé toutes les limites. Diamantio était perplexe et perdu. Comment des voisins qu'il côtoyait chaque jour avaient-ils pu lui faire ça ? Avaient-ils perdu la raison ? Qu'avait-il fait au Bon Dieu ? N'était-il pas un bon musulman, un bon pratiquant ? D'ailleurs, il comptait aller à la Mecque cette année, si Dieu le voulait bien. Allah ! Pourquoi lui avoir donné un fils comme Chakani ? se demanda-t-il. Son nom était mêlé à tous les crimes.

Eh oui, il y avait de quoi craquer. Car pour habi-

---

4. C'en est fini pour Chakani aujourd'hui !

ter chez les Damassé, il fallait avoir les nerfs solides. Ce genre de scènes entre le chef de famille Diamantio Damassé, son épouse Djouldé et son fils Chakani, faisait partie de l'ordre normal des choses. La maisonnée y était habituée. Elle avait fini par y accorder une indifférence souveraine. À la fin, leurs rapports n'étaient plus que reproches, disputes.

Diamantio, que les enfants avaient plaisir à appeler N'Fa Diamantio Noumba (il avait un gros nez), tendait vers ses cinquante ans. Il était trapu, d'une corpulence forte, avec une épaisse moustache, un gros ventre et des yeux rouges sur un visage défoncé. Rien, dans le physique de Diamantio, ne retenait le regard. Il était tout simplement laid. Cette laideur était aggravée par une mine toujours serrée, un air suffisant le rendant craint par toute la communauté. Mais il était élégant, toujours drapé dans les boubous bazin de dernier cri.

Diamantio n'était pas un enfant de chœur. Son père, tailleur de son état, avait tout plaqué un beau jour pour aller à l'aventure au Congo-Zaïre. Il n'était jamais revenu. Il n'avait plus donné signe de vie et on n'avait jamais su ce qui était advenu de lui. Tantôt on le disait marié à une Congolaise, tantôt on le disait mort. Mais sa famille n'avait jamais voulu faire son deuil et s'accrochait à l'espoir de le voir apparaitre un jour. Hélas, tel ne fut pas le cas. Diamantio avait dix ans à l'époque. Sa mère n'avait jamais voulu se remarier. Il avait beaucoup souffert de l'absence d'un père, surtout que lui et ses frères n'avaient reçu aucune aide de leurs oncles. Aucun des frères de son père n'avait levé le petit doigt pour les assister, lui et sa mère.

Diamantio n'arrêtait pas de poser des questions à sa mère sur ce comportement incompréhensible de ses oncles. Sa mère lui conseillait toujours de s'en remettre à Dieu. Mais Diamantio avait appris par la suite qu'en fait, c'était un de ses oncles qui devait, au départ, épouser sa mère. Mais on avait jugé à l'époque que ce dernier ne la méritait pas, et sa main fut accordée au père de Diamantio. Depuis ce jour, le père de Diamantio, sa femme et ses enfants devinrent des mal-aimés. Diamantio avait donc passé toute son enfance avec cette frustration en travers de la gorge. Adolescent, il avait dû abandonner l'école, aidant sa mère dans les travaux de leur jardin maraîcher et la vente des légumes pour subvenir aux besoins d'une fratrie de cinq enfants dont il était l'ainé. S'il n'était pas avec sa mère au marché, il faisait cireur de chaussures devant les édifices publics, ou apprenti maçon ou encore vendeur de journaux.

Avec tous ces petits boulots, il arriva à économiser un peu d'argent, lui permettant ainsi de réaliser son obsession secrète : aller à la recherche de son père au Congo. À dix-huit ans, il partit. Deux ans après, il en revint bredouille. Privé ainsi de l'affection de son père, et témoin de tant d'injustice, il avait fini par être amer, aigri. Il jura de prendre sa revanche, laquelle, pour lui, ne saurait être possible que par deux moyens : l'argent et le pouvoir. Quand on a l'argent, on a le pouvoir. La clé donc, pour y arriver, était de travailler d'arrache-pied. Il s'était donné corps et âme au travail. À force de dur labeur, il était devenu un grand producteur de pommes de terre. Il avait des hectares qui s'étendaient à perte de vue. Ses souffrances datant de quand il était un simple cultivateur, n'étaient plus que de vieux souvenirs. Devenu riche, il fut respecté, vénéré et craint. Il s'en réjouissait, car ses désirs étaient des ordres. Pour son argent, chacun voulait lui donner une femme. Il en avait déjà trois : Anta, la première, proposée par sa famille maternelle. Tassi, la deuxième épouse, était la veuve de son meilleur ami qui avait été foudroyé, un jour d'hivernage, en revenant de son champ. Djouldé, épousée en troisièmes noces, était encore adolescente quand son père avait décidé de la lui donner. La communauté n'avait rien compris, mais qui osait s'opposer au puissant et riche Diamantio ? Pour sa richesse, beaucoup de gens défilaient chez lui à longueur de journée, qui pour lui demander le prix de condiments, qui pour se faire payer leurs ordonnances médicales. Personne, sous peine de se voir écarter de la liste de ses amis ou de celle de la distribution de vivres, n'osait le contredire. Tous étaient ses obligés.

Le père de Djouldé, Almaty, faisait partie de ces personnes qui ne juraient que par Diamantio et qui mangeaient dans ses mains. Il résidait à Djenné, mais venait fréquemment à Bamako pour demander de l'aide financière à Diamantio. Ce dernier était fier de satisfaire ses besoins. En réalité, il avait sa petite idée en tête. Donc, quand il avait émis le vœu de prendre Djouldé comme troisième épouse, malgré le jeune âge de celle-ci, c'était la joie dans la famille.

Pauvres, les parents de Djouldé avaient jugé que Diamantio était un bon parti. C'est pourquoi, sans hésiter, ils lui avaient accordé la main de leur fille contre le gré de celle-ci qui, par respect filial, n'avait rien laissé paraître de son dégout pour le vieil homme. Les jeunes étaient révoltés, mais ils avaient à faire à plus fort et plus puissant qu'eux. Ils en voulurent à Djouldé qui, pour eux, devrait refuser ce mariage. Comment une fille aussi belle pouvait-elle accepter un monsieur aussi vilain, qui, pire encore, avait presque l'âge de son père ? Ils n'avaient pas compris son attitude et ils ne lui avaient pas facilité la tâche. Beaucoup la boudèrent. Elle fut même écartée de leurs jeux.

Djouldé avait beaucoup souffert de cette situation, mais avait accepté la décision de ses parents. Avait-elle d'ailleurs le choix ? Elle espérait seulement qu'un jour, ses amis la comprendraient en apprenant le lourd secret enfoui dans son âme.

Quant à Diamantio, il était follement tombé amoureux de Djouldé. Cela sautait aux yeux. Cette dernière était devenue resplendissante, tant elle était choyée par son vieux mari. Elle avait une voiture à elle, avec chauffeur. Toute chose, à l'époque, très rare au Mali. Elle préparait au charbon quand les autres femmes souffraient avec le bois. Elle avait son appartement à elle seule alors que ses coépouses se partageaient une véranda. Quand ces dernières ne réclamaient que leurs justes parts, Diamantio leur répondait : « Je ne vous retiens pas. Vous pouvez vider le plancher ! » Voulaient-elles demander de l'argent ou quoi que ce soit à leur mari commun, il fallait passer par Djouldé. Diamantio mangeait dans les mains de Djouldé et ne vivait que pour elle. C'est pourquoi, à la fin, la belle et jeune Djouldé avait fini par aimer son vieux mari. Encore, avait-elle le choix d'ailleurs ?

Djouldé et Anta étaient toutes les deux ressortissantes de Djenné. Quant à Tassi, elle était du même village que Diamantio. Anta avait quatre enfants et Tassi en avait trois. Chakani était le fils unique de Djouldé. Une famille de garçons. Pas de filles.

Chakani était un jeune homme de dix-huit ans. Il vivait chez son père, dans la maison familiale. Il était en total déphasage avec non seulement sa mère, mais également avec le reste de la famille, car il était devenu alcoolique et doublé de toxicomane. Il était très souvent la cause principale des mésententes de ses parents avec les voisins qui assistaient, impuissants, à ses agissements les plus malsains. Ce ne fut pas le cas pour le viol de cette petite fille de seize ans, Poupée, la fille de Djita.

L'adolescente Poupée était la coqueluche à la fois de sa famille et de tout le quartier. Elle était belle, douce et joviale. Certains prétendants s'étaient même déjà annoncés. Le jour de son viol, sa mère, Djita, avait beaucoup pleuré. Pourquoi sa petite fille à elle ? Elle n'avait pas fermé l'œil de la nuit. Au lieu de maudire les coupables, elle passa la nuit à prier en suppliant le Bon Dieu de les aider, elle et sa fille, à surmonter cette dure épreuve. Rien de pire ne peut arriver à une femme que le viol. Elle avait pitié de sa fille, mais elle devait être forte pour ne pas la traumatiser davantage. Poupée, sa fille adorée ! « Comme c'est dur d'être une mère ! » Se disait-elle.

Le lendemain du viol, Poupée tomba malade, avec une forte fièvre. Djita passa la nuit à ses côtés pour mieux veiller sur elle. Elle enduisit tout son corps de beurre de karité afin de faire baisser la fièvre. Le résultat sembla lui satisfaire, car quelques minutes plus tard, Poupée trouva le sommeil.

Le matin, Djita se leva plus tôt que d'habitude. Tout semblait normal. Le coq chanta. Le chien, en la voyant, aboya et remua la queue. Djita lui caressa la tête : « mon cher ami, lui dit-elle comme à une personne, je n'ai pas le cœur à cela ce matin. »

Le muezzin fit l'appel à la prière. Le vent souffla comme d'habitude à cette période de l'année, sec et chaud. Oui, tout semblait normal comme si rien ne s'était passé la veille. Djita alluma le feu avec les quelques brindilles qui lui restaient encore. Elle mit la marmite sur le feu pour préparer la bouillie de mil. Elle puisa l'eau pour remplir les canaris rangés au pied du manguier, au milieu de la concession. Elle balaya la cour. Était-ce parce qu'elle était en retard qu'elle en faisait plus ? Non, c'était pour oublier ce qui était arrivé à sa fille.

Un moment, elle fut prise d'un sanglot qu'elle étouffa rapidement en voyant le troupeau de moutons encore endormi, les agneaux couchés contre le flanc des brebis ou suçant gloutonnement leurs mamelles gonflées de lait. Quelques minutes après, le sanglot revint de plus belle, comme si elle eût voulu prendre ces animaux comme témoins de sa douleur, qu'elle eût voulu se confier à eux. Elle les envia secrètement. Eux, ils n'ont pas de problèmes, du moins pas comme les humains, pensa-t-elle.

L'odeur de la bouillie, qui commençait à cramer, la fit revenir à la réalité. Elle était en retard et elle devait faire vite avant que son mari ne revienne de la mosquée et réclame sa bouillie. Bien sûr qu'elle était en retard, car d'habitude, c'était Poupée qui l'aidait dans ces tâches quotidiennes, leur train-train de tous les jours. Mais aujourd'hui, elle ne le pouvait pas. Elle restait couchée, avec cette forte fièvre.

Elle allait la réveiller. Il fallait qu'elle fasse au moins sa prière du Fajr. À peine Djita eut-elle franchi le seuil de la chambre où dormait sa fille qu'elle fut prise de vertiges. Elle ne comprenait pas. Peut-être la faim, se dit-elle. Car elle n'avait ni déjeuné ni diné depuis le terrible et triste évènement. Elle arriva à se rapprocher du lit de sa fille, la regarda dormir. Sa tête était penchée et débordait du lit. « Regarde-moi cette paresseuse ! pensa-t-elle. Comment peut-elle se coucher dans une telle position. ». Malgré sa douleur, elle en rit. Elle secoua Poupée. Sa fille ne réagit pas. Elle tira sa couverture et posa sa main sur sa joue. Son cœur bondit dans sa poitrine. La joue de Poupée était toute froide. Djita tâtonna tout son corps. Glacé !

Confuse, elle se jeta dehors en titubant. Aigu, perçant, le cri qu'elle lança réveilla la maisonnée. Poupée avait mis fin à sa vie en avalant plusieurs cachets. La boite se trouvait encore dans sa main. Humiliée par ce viol, elle s'était sentie sale. Elle venait de perdre ce qu'elle considérait comme plus précieux et qu'elle avait promis à sa mère de garder jalousement : sa virginité. Sa dignité bafouée, elle s'était dit qu'elle ne devrait plus rester en vie. La société allait porter un autre regard sur elle. Elle aurait été indexée, n'aurait plus pu se montrer en public et devrait éviter les regards, elle, si belle, si intelligente, si débordante de vie ! Elle ne serait plus épanouie, comme devrait l'être toute fille de son âge dont l'avenir était prometteur. Pire, elle aurait pu croiser son violeur dans la rue, un sourire moqueur au coin des lèvres.

Qu'aurait-elle eu à dire à son mari la nuit de ses noces ? Qu'elle avait été violée ? Non ! Pour elle mieux valait la mort que la honte. C'en était trop pour son jeune âge. Elle avait choisi de s'en aller, avec ses idées, ses aspirations, ses émotions, ses sentiments, ses rêves. Elle avait tout emporté avec elle dans sa tombe. Elle s'en était allée, le cœur plein de haine et de désespoir. Elle en voulait à tout le monde, plus particulièrement aux dirigeants de son pays, qui n'étaient pas arrivés à mettre en place un système de sécurité adéquat et fiable pour barrer la route à tous ces criminels.

Djita avait mal. Elle ne verra plus sa fille chérie, si dévouée et si respectueuse. Elle ne la verra jamais mariée, elle ne tiendra jamais ses petits-enfants dans ses bras. C'était comme si elle se noyait. C'était comme si on venait de la priver de lumière, pour toujours. Elle se croyait dans une grande obscurité, sans fin. C'était pourquoi, comme subitement possédée par un démon, elle prit du pétrole lampant qu'elle versa sur le trousseau de mariage qu'elle avait commencé à préparer petit à petit, en attendant son futur beau-fils. Tous ces rêves s'étaient envolés à cause de ces criminels. Honte à eux, malheur à eux ! criait-elle entre deux sanglots.

La nouvelle du viol de Poupée se répandit comme une traînée de poudre. Et ce fut la goutte d'eau qui fit déborder le vase. Chakani et sa bande étaient allés trop loin. La population en avait ras le bol. C'était pourquoi ils s'en étaient pris à Diamantio et à sa famille en détruisant tout sur leur passage. Car, torturée à l'excès, dit l'adage, la chèvre finit par mordre son tortionnaire.

Quand la police arriva enfin à disperser la foule à coups de gaz lacrymogènes, Diamantio, d'un air mécontent, se tourna vers Djouldé, sa favorite, la mère de Chakani :

— Djouldé, as-tu vu ce que ton fils a fait ? As-tu conscience des conséquences ? Dire que tu voulais coûte que coûte un enfant ! Alors, tu l'as maintenant et du courage parce que tu as encore un long chemin à faire avec un tel fils.

Il balaya du regard les dégâts, et revint sur Djouldé

— Je t'avais pourtant dit de t'en remettre à Dieu, le Bon et le Miséricordieux, qui, Lui seul sait ce qui est dans notre intérêt et ce qui ne l'est pas. Souvent, ne pas avoir ce que l'on veut est un message. Dieu a un plan pour tout le monde sur cette terre. Voilà que ce fils tant désiré est devenu synonyme de malheur. Regarde ce qu'il est devenu ! N'est-ce pas mieux de ne pas avoir d'enfant que d'avoir une telle pourriture ? Il secoua la tête de dépit. Il ne se passe pas un jour sans que quelqu'un m'interpelle dans la rue, et même à la mosquée, pour se plaindre de Chakani, reprit-il avec force. Je suis fatigué de tout cela. Je n'ose même plus sortir, tellement j'ai honte d'un tel fils et d'une telle épouse.

Le pauvre homme porta un autre regard sur ce qui restait de son domicile. Pour que les voisins en arrivent là, conclut-il, c'est que Chakani est vraiment allé trop loin et a dépassé les bornes. Son fils et sa femme avaient fait de lui la risée du quartier, par leur arrogance et leur vulgarité. Il avait mal, très mal. Alors, il s'approcha de Djouldé, la fixa droit dans les yeux et lui dit :

— Vois ce que ta méchanceté et ton orgueil mal placé t'ont amené ? Es-tu surprise de ce qu'est devenu Chakani ? Dieu ne dort pas. Alors, c'est aussi simple que ça. Djouldé, prenez tous les deux vos bagages et quittez ma maison. Je ne veux plus vous voir. Vous avez dépassé les limites. Trop, c'est trop !

— Mensonges Diamantio ! Rugit Mamourou, le cousin de Diamantio, lequel assistait à la scène. Il renchérit en anglais : *What the hell is that* ?[5]

Mamourou était un malade mental qui habitait la même concession que Diamantio et sa famille. Il était rentré d'Europe, précisément d'Angleterre où il était allé pour des études d'interprétariat et de traduction, et en était revenu malade. En parlant, il passait du français à l'anglais et vice versa. Il s'était fait une petite case à côté du poulailler de la famille. Il n'était pas violent. Il était toujours fourré dans ses bouquins de tout genre : philosophique, scientifique, littéraire, etc. Il pouvait passer des journées entières sans mettre le nez dehors. Il parlait peu et avait ses moments de sérénité, tel ce jour de dispute entre Diamantio et sa femme. Il se redressa, plia la natte sur laquelle il était couché, se racla la gorge, recracha les restes de la noix de cola qu'il croquait à longueur de journée et continua à sermonner

---

5. Quel est ce bordel ?

Diamantio, toujours très en colère :

— *My friend* [6] Diamantio, arrête de nous casser les tympans avec tes conneries, bon sang ! C'est facile d'accuser la pauvre Djouldé. Et toi ? N'es-tu pas le père de cet enfant ? Qu'as-tu fait pour qu'il réussisse ? On ne met pas le tort sur le dos de Djouldé seule. Vous êtes tous les deux coupables ! *Ni yi den kè comandant yé, a bè nin songon minè ila* [7]. N'est-ce pas ? Donc, laisse la pauvre tranquille, car elle souffre déjà trop.

Ce n'était pas la première fois que Mamourou demandait à Diamantio de faire son autocritique. Plusieurs fois, il avait essayé de lui ouvrir les yeux sur le comportement de ses enfants. Leurs discussions finissaient toujours mal, car Diamantio restait sourd aux mises en garde de Mamourou qu'il considérait tout simplement comme un fou à lier. Leur dernier accrochage était survenu le jour où leur voisin Yacouba était venu se plaindre de Chakani pour le vol de son mouton. Au lieu de demander des comptes à Chakani, Diamantio avait insulté le pauvre monsieur en le traitant de tous les noms d'oiseau. Ce fut la même chose pour ce vendeur de tabac au marché que son fils Alassane avait cogné avec son ballon, et à qui il avait manqué de respect, quand celui-ci lui en avait fait la remarque. Le pauvre monsieur, pour échapper aux coups de bâton que Diamantio allait lui asséner, n'eut d'autres

---

6. Mon ami.
7. Si tu fais de ton enfant un commandant, il te réclamera l'impôt..

choix que de prendre ses jambes à son cou.

Combien de fois Djouldé, elle aussi, était allée insulter et agresser ses voisines qui avaient cru bien faire en donnant des corrections à Chakani parce qu'elles le considéraient comme leur propre fils. Plus Mamourou parlait, plus il s'énervait :

— Diamantio, mon ami, regarde un peu en arrière, et tu verras que tu as démissionné depuis fort longtemps s'agissant de l'éducation de tes enfants, pas même de Chakani seul, mais de tous ! Non seulement ils sont impolis, mal élevés, mais ils sont également des cancres. Tu n'es pas sans savoir qu'ils s'arrachent et rivalisent pour avoir la dernière place à l'école ? *My dear* [8] Diamantio, il faudrait t'en prendre à toi-même. Tu étais tellement occupé par ton business que tu t'intéressais peu à tes enfants, tous des garçons. Et l'éducation d'un garçon, à ce que je sache, passe d'abord et forcément par le père. Tu ne me diras pas le contraire. Tu sors le matin à cinq heures et ne rentres qu'après minuit. Entre nous, quand est-ce que tu as regardé le cahier d'un seul de tes fils ? Quel jour as-tu répondu à un seul appel de l'école quand on te convoquait pour un mauvais comportement d'un de tes enfants ? Qu'est-ce que tu espérais, mon ami ? *What do you think, tell me* [9] ? Mais réponds-moi donc ! Vraiment, je ne comprends pas les hommes de ce pays : un enfant réussit,

---

8. Mon cher.
9. Qu'est-ce que tu crois, dis le moi ?

c'est le père ; il échoue, c'est la mère. C'est ce que l'on appelle une fuite en avant ! *And this is not fair* ![10]

Mamourou, faisait des va-et-vient, s'arrêtait souvent au niveau de Diamantio avec le doigt pointé vers son cousin. Plus il parlait, plus on avait l'impression que sa colère augmentait. Diamantio avait essayé de l'ignorer, mais n'en pouvant plus de l'entendre :

— Fiche-moi la paix, Mamourou, réussit enfin à hurler Diamantio ! Et ne m'énerve pas davantage. *Fatoh*[11] ! D'ailleurs, ce n'est pas un fou comme toi qui va me faire la morale. Si tu ne me laisses pas tranquille et si tu ne t'occupes pas de tes propres salades, je vais te foutre à la porte. T'es-tu jamais demandé pourquoi tu es fou ? C'est parce que tu as le cœur noir comme du charbon et en plus...

— Hum, Diamantio !!! *Hum dè* ![12] répliqua Mamourou, contrôle bien ton langage. Et il lui tendit un vieux journal du quotidien malien « Les Échos » : « Je ne suis pas d'accord avec ce que vous dites, mais je me battrai jusqu'au bout pour que vous puissiez le dire ». C'est de Voltaire, ajouta-t-il. Allez, continue, va jusqu'au bout de tes pensées. Comme dit la Bible, « c'est de l'abondance du cœur que la bouche parle. »

— Je t'ai dit que je vais te foutre dehors ! Qu'est-ce que tu en dis ?

— Alors là, tu divagues. Je ne bougerai pas d'un

10. Et ce n'est pas juste !
11. Espèce de fou !
12. Attention Diamantio.

29

centimètre. Cette maison ne t'appartient pas à toi seul. C'est la maison commune puisqu'elle était à notre grand-père, donc à nous tous. Le fait d'être plus riche que nous autres ne te donne donc pas tous les droits dans cette maison, mon cher Diamantio ! Je te respecte parce que tu es mon ainé, mais s'il te plait, *Kana sininkan foyé*[13] ! J'en sais trop sur toi hein, Diamantio. Tu n'es pas un saint non plus. Fais attention, sinon je pourrai te détruire en dévoilant ton lourd secret !

— N'importe quoi ! Quel secret ? Moi, je suis blanc comme un linge propre.

— Mon œil ! Prrrrr, tu n'as même pas honte ! Mais on n'en est pas là d'abord. J'aurai l'occasion. Au fait, je comprends, tu veux me divertir pour m'empêcher de te cracher la vérité au visage ? Ah non ! J'en étais où encore ? Voilà, à l'éducation de tes enfants...

— Écoute Mamourou, tu es d'accord avec moi que ces enfants sont privilégiés ? Oui, ils font partie des privilégiés de ce monde, car ils ont une famille, ont à manger et à boire. Pense à tous ces autres enfants, affamés devenus amers, aigris, agressifs et tristes à toutes ces femmes violées, battues, aux sans-abris, à ceux qui n'ont pas eu la chance d'aller à l'école. Je pense qu'à côté de ces personnes, ils sont des privilégiés et ne doivent vraiment pas se plaindre, n'est-ce pas ? Alors qu'ils disent merci à Dieu et qu'il soit fait selon sa volonté. Une fois de plus, je te le répète encore, mon rôle, c'est

---

13. Ne me dis pas des méchancetés que je ne vais jamais oublier.

d'apporter à manger dans cette maison et pas plus. Je me tape la poitrine en disant haut et fort que personne dans cette ville, ne peut se comparer à moi. Tu ne t'es jamais posé la question de savoir pourquoi les gens me font la cour à longueur de journée ? C'est parce qu'il y a à manger nuit et jour chez moi. Je suis Diamantio, le puissant, le fort : Quiconque ose s'opposer à moi, je l'écrase. Alors ?

— Je suis d'accord avec toi, mon ami, que tu es fort et puissant, tes enfants font partie des privilégiés, mais de là à limiter ton rôle à amener seulement à manger et à boire, ce n'est pas juste. C'est d'ailleurs là que tu te trompes, Diamantio, *how can you think so wrong* ?[14] Tu as tort et tu passes complètement à côté de la plaque, my friend.

Mamourou n'était pas le seul à avoir remarqué la démission de Diamantio quant à l'éducation de ses enfants. On avait beau lui parler, mais Diamantio était indifférent à tout. L'argent le rendait aveugle. Ses femmes Tassi et Anta avaient fini par lui dire de faire attention, car, selon elles, tout n'est pas qu'argent dans la vie et que l'amour excessif qu'il lui vouait pouvait détruire les meilleures relations du monde. L'argent était devenu la seule obsession de Diamantio et le désir d'en avoir plus, la peur d'en manquer, tout cela le rendait un fou à lier. D'ailleurs, comment pouvait-il avancer que ses enfants sont des privilégiés ? Est-ce qu'ils bé-

---

14. Comment pouvez-vous penser si mal ?

néficient même de cet argent ? Allez savoir. Avoir de l'argent alors que sa famille n'en bénéficie pas, on n'en retirera aucune joie dont on pourra éventuellement se prévaloir, car on ne voudra plus de nous pour notre valeur intrinsèque, mais pour son argent. De nos jours, au rythme et à la vitesse auxquels le monde évolue, le meilleur investissement, c'est l'argent mis dans les études des enfants. Diamantio devait se ressaisir, pendant qu'il en est encore temps. L'éducation des enfants doit passer avant tout, car c'est eux qui doivent assurer la relève demain. L'adolescence, c'est l'âge de l'inconscience, de l'insouciance. Les jeunes ne mesurent pas les conséquences de leurs actes. C'est aux parents de leur montrer le droit chemin. Raison pour laquelle il est si important d'apprendre le sens du travail aux enfants. D'ailleurs, Mamourou était d'autant plus surpris par les propos de Diamantio que tous les deux viennent de loin. Un grand bosseur comme Diamantio, qui n'arrive pas à inculquer cette qualité à ses enfants ? Cela est vraiment révoltant. C'est pourquoi, intarissable, Mamourou poursuivait sa longue tirade face à Diamantio, éberlué sous ce torrent de paroles :

— Une fois de plus, il n'est jamais trop tard pour bien faire, Diamantio. Élève tes enfants à ne jamais tendre la main, à se contenter de ce qu'ils ont, à ne jamais envier les autres, à aider les plus faibles, à bannir de leur comportement des maux comme le mensonge, la calomnie, la médisance, la méchanceté... Apprendsleur plutôt à être des personnes humbles, sérieuses, travailleuses, tolérantes, respectueuses, dignes, loyales, honnêtes et, bien sûr, à savoir pardonner à ceux qui leur auront fait du mal. Car le pardon est la mère des vertus. Et je pense que ce sont ces valeurs qui donnent un sens à notre vie ici-bas, sinon, le reste n'est que futilités. Tu me diras que c'est difficile qu'un être humain ait toutes ces qualités, mais essaie de les cultiver chez tes enfants et prie tous les jours le Bon Dieu pour qu'il t'aide dans ce sens. Je pense que c'est ce que ton fils Glérou a compris et a, pour cela, voulu faire des études de mécanicien. Tu t'y es opposé catégoriquement sous prétexte que ce n'était pas un métier valorisant. *What a lie* ![15] Diamantio. Qu'est-ce que toi-même tu n'as pas fait pour en arriver là aujourd'hui ? Cireur, apprenti maçon, vendeur de journaux et j'en passe. J'étais fier de toi, moi ! Alors ? Il n'y a pas de sot métier ! Il suffit seulement d'aimer ce que l'on fait, de le faire avec respect et sérieux. Je suis d'accord avec Carlos Ruiz Zafon quand il dit : « Chez la jeunesse, le talent, l'esprit, si on ne s'en occupe pas, se gâchent et dépérissent. » Le pauvre Glérou était tellement malheureux qu'il décida d'aller à l'aventure. Ce sont des comportements de pères comme toi qui continuent à rallonger la liste des victimes de ces bateaux clandestins en partance pour l'Europe. Malheureusement, Glérou y laissa sa peau. Par ta faute, Diamantio, que tu le veuilles oui ou non,

---

15. C'est un mensonge.

33

je te le dis *Pian* ! Combien de jeunes comme Glérou se sont-ils rebellés en abandonnant le domicile de leurs parents pour rentrer clandestinement en Europe, en Amérique et certains pays africains dans l'espoir d'un mieux-être et qui, souvent, voient leurs rêves virer au cauchemar, laissant toute une famille et un peuple anéantis et animés par un sentiment de regret et de remords, parce que chacun a failli à son rôle et son devoir ? La mort de Glérou ne t'a pas servi de leçon, car tu as continué avec le même comportement avec ton fils N'Tioriko qui voulait s'inscrire à une école de football, la même promotion que les Seydou Keïta. Mais qui n'est pas fier de Seydou Blen aujourd'hui, hein, Diamantio ? Très souvent, les parents veulent que les enfants soient ce que eux, parents, veulent. *Let them be* ![16]

Mamourou a d'autant plus raison que les actes des enfants sont souvent le signe de leurs malaises. Il faudrait comprendre par là les griefs que les adolescents peuvent nourrir envers leurs parents. C'est important que l'enfant se sente exister, qu'on lui fasse confiance, qu'on l'aide dans ce qu'il veut. Parfois rebellés, ils préfèrent abandonner le domicile parental sans être prêts financièrement et psychologiquement. N'étant pas assez outillés pour affronter la vie, ils sont malheureusement confrontés à la dure réalité et quand rien ne va, ils décident de revenir. Ce n'est pas facile pour eux, car

16. Qu'ils soient eux-mêmes.

cela traduit un échec avec, comme conséquence, des traumatismes. Les habitudes ayant changé entretemps, la cohabitation n'est plus facile. Seuls la solidarité et le respect peuvent être la solution. Mais, quel temps perdu ce retour à la case de départ !

Contrairement à Diamantio, Djouldé était heureuse d'entendre les propos de Mamourou.

— Merci Mamourou, dit-elle en écrasant une larme. Au moins toi, tu as été témoin. Laisse-le et ne gâche pas ta salive ! De vous deux, c'est lui le fou.

Puis, se retournant vers son mari en tapant fort des mains, elle l'attrapa par le cou, comme si elle allait l'étrangler. Diamantio réagit en lui tordant la main et en la jetant par terre.

— Je t'ai dit de t'en aller, Djouldé, cria-t-il. Je ne veux voir ni toi ni Chakani. Franchement Djouldé, à voir de près, tu as été une erreur dans ma vie. Maudit soit le jour où j'ai fait ta connaissance !

Djouldé se releva, ajusta ses habits, plus que décidée à lui vomir tout son venin :

— Comme tu es ingrat, Diamantio ! C'est comme cela que tu me parles ? Tu sais bien ce que j'ai enduré pour avoir cet enfant. Je l'ai voulu pour moi et pour toi aussi. Il est le fruit de notre mariage. Mon fils et moi n'irons nulle part. Que tu le veuilles ou non, on ne bouge pas d'un centimètre. Comme dit le chanteur Salif Kéïta : « Nous pas bouger ». Maudit soit le jour où tu as fait ma connaissance ? Oh, je tombe des nues !

Je regrette moi aussi d'avoir uni ma vie à la tienne ! J'aurais dû me marier à mon colonel qui est allé en Indochine ! N'eût été la volonté de mon père, je ne me serais jamais mariée avec un individu comme toi, sale et crasseux, un cultivateur ! Voilà ce que tu étais, rien de plus ! Et parce que maintenant tu as quelques champs et un peu de sous, tu penses que tu vaux mieux que moi. Quelle que soit ta fortune, tu restes un pauvre cultivateur, rien de plus.

— Hey ! Djouldé, intervint de nouveau Mamourou, toi aussi tu arrêtes ! Cultivateur, quel métier noble ! Je me tue à vous dire qu'il n'y a pas de sot métier. Aussi, n'est-il pas ton mari ? Tu lui dois respect.

— Laisse-moi vider mon cœur, Mamourou, repartit Djouldé de plus belle. De toutes les façons, cela fait des années que je porte ce mariage à bout de bras.

Diamantio devint furieux. Quelle audace de la part de Djouldé. Cette femme à qui il a tout donné, qui ose lui parler sur ce ton ! Il n'en croyait pas ses oreilles !

— Djouldé, tu as raison, dit-il. Je suis un cultivateur. Et pourtant c'est ma daba qui t'a nourrie jusqu'à ce jour. Oui, je suis fier, fier de moi-même, fier d'avoir marché des kilomètres pour aller dans mon champ qui n'était qu'un périmètre et qui compte maintenant des hectares de pommes de terre à perte de vue. Oui, j'ai bravé vents, soleil, pluie battante, tornade et même des rivières révoltées... Je suis fier de mes mains qui se sont endurcies à force de labourer, de défricher, de récolter. Eh oui, petite arriviste, je suis riche aujourd'hui, mais je garde avec joie le souvenir de ces moments les plus merveilleux de ma vie, car ils ont fait de moi ce que je suis devenu, un homme épanoui, libre. Laisse-moi te dire que réussir, ce n'est pas avoir ce que l'on veut, car nous n'en aurons jamais assez ! Réussir, c'est pouvoir se relever de sa chute, car la vie aura toujours à nous offrir ses hauts et ses bas. Alors, je savoure mon argent. Dieu merci, ce que j'ai me suffit largement. Mais, pauvre Djouldé, revenons à toi et laisse-moi te rafraîchir un peu la mémoire. Demande à ton père pourquoi il a accepté notre union. Je vais tout te dire aujourd'hui, petite ingrate et prétentieuse. Eh bien, il couchait avec la petite femme de son père jusqu'à ce que grossesse s'en suive. Ce petit frère dont tu parles avec fierté est non seulement ton frère, mais aussi ton oncle. Ton père savait que j'étais dans le secret, et en récompense de mon silence, il m'a accordé ta main. En plus de cela, ce sont mes cent kilos de riz et de mil plus mes cent mille francs CFA que je lui envoyais à la fin de chaque mois et que j'ai promis de ne pas arrêter même s'il venait à mourir avant moi. Si jamais je mets fin à cela, toute ta famille crèvera de faim. Toi, tu peux me traiter de moins que rien, mais pas ton père. Non seulement tu es impolie, insolente, mais aussi ingrate. Autre chose, ta tante Doussou était la bonne de ta mère, ton père a enceinté la pauvre au vu et au su de tout le monde. Tu sais pourquoi il t'a interdit toute relation avec ton soi-disant colonel qui est allé en Indochine ? Eh bien, ce colonel est le fils de la bonne Doussou, donc ton frère. Ma brave Djouldé, ton père était un vrai obsédé sexuel. Tu as pratiquement un frère dans chaque famille de ce village. Ils peuvent former trois équipes de football. Avant qu'il ne meure, on lui avait interdit la mosquée. Je m'en arrête là pour le moment, sinon je peux faire un roman sur les bassesses de ton père et crois-moi bien, ma belle, ce sera un best-seller !

Djouldé était paralysée par tant de méchanceté de la part de son mari. Elle eut envie de vomir. Mamourou écarquilla les yeux et d'une voix pleine d'émotion cria :

— *Waladeyi ! Soubanala, watahala*[17] *! Bô ciira bugurijè la*[18] *! What a mess*[19] *!* Hum, ça, c'est trop fort et ça, ce n'est pas bon ! Babababa ! Diamantio, *e dusu boora dè*[20] ! Fermez tous les deux vos gueules ! ordonna-t-il. Mais, toi, Diamantio, tu n'es pas un saint non plus ! Je sais des choses sur toi comme je te l'ai dit. Tu n'es pas honnête. Pourquoi tu ne parles pas de ce que tu as fait aussi ?

— Ferme ta vilaine gueule, Mamourou ! Menaça Diamantio à son tour. Oyé, qui est là ? Venez mes enfants. Enfermez à double tour, ce fou à lier

---

17. Jurons qui expriment un sentiment de dépassement, d'étonnement.
18. Faire un pet dans le centre, ou bien péter plus haut que ses fesses.
19. Quelle pagaille !
20. Diamantio, tu es vraiment fâché !

— Pourquoi ? Tu as donc peur que je parle ? Ne t'en fais pas mon ami. Ton lourd secret, je l'enferme dans le tréfonds de mon âme. Mais, quelles que soient les erreurs commises par une femme, elle mérite respect. Ce n'est pas facile pour Djouldé non plus. Elle place tout son espoir sur son enfant et s'il ne réussit pas, c'est le monde qui s'écroule autour d'elle. Alors, de grâce Diamantio, pas de gros mots sinon je dirai que tu es une femme, toi aussi ! Mets-toi au-dessus de ça. Tu ne devrais pas dire tout cela, bon sang ! Voyons ! Viens, Djouldé, enlève ton pagne et change-le contre le pantalon de Diamantio. D'ailleurs, je chante pour les femmes ! Qu'on le veuille ou pas, la femme est le sexe le plus fort. Elle est la force tranquille. On la marie souvent de force. Elle est obligée, la nuit, de supporter les fantasmes de cet homme non désiré. Elle tombe enceinte, subit les difficultés de la grossesse, enfante dans la douleur. Alors ? Djouldé, lève tes deux mains et montre-toi comme un furoncle sur le front ! Djouldé de Djouldé… Ahahahaha !

Mamourou riait aux éclats, mais Djouldé avait honte. Car, en plus de Mamourou, sa coépouse Tassi avait assisté à la scène. Humiliée, blessée dans son orgueil, elle hurlait de toutes ses forces :

— Ferme ta sale gueule ! Tu racontes n'importe quoi. Tu es une mauvaise langue. Et si tu penses que je vais te croire, tu te trompes. C'est de la médisance et de la pure calomnie. Laisse mon père dormir en paix.

Langue de vipère ! Au lieu de lui être reconnaissant pour t'avoir donné une femme comme moi, belle, jeune, élégante…

— Arrête tes salades, bon sang, répliqua son mari de nouveau emporté par sa rage ! La plus belle femme du monde ne peut donner que ce qu'elle a ! Quand je t'épousais, tu étais une petite morveuse. C'est moi qui ai fait de toi ce que tu es aujourd'hui. Djouldé, je vois que tu souhaites vraiment que je continue à te dire le reste des bêtises de ton cher père. Hein… ? Alors, Djouldé, tu sais pourquoi ta sœur Tima s'est suicidée ? Eh bien, ton père la violait chaque soir depuis que la pauvre avait huit ans. Oui, ma brave Djouldé, c'est de l'inceste et de la pédophilie. Ton père était un démon de la pire espèce. Donc, ne sois pas surprise si tu as un enfant violeur et pédophile. Chakani l'a dans le sang.

Djouldé mit ses deux bras sur sa tête et hurla de plus belle, suppliant Diamantio de ne plus rien ajouter. Elle en avait déjà trop entendu. Elle voulut s'avancer vers Diamantio, mais ses pieds ne la supportaient plus. Elle se mit alors à quatre pattes et rampa vers son mari et voulut parler. Cependant, au fur et à mesure que Diamantio parlait, sa colère augmentait. Soudain, il prit un gourdin et se mit à la recherche de Chakani, décidé à le tuer. Mais ce dernier avait pu s'échapper sans que personne ne s'en rende compte. Diamantio passa la maison et le quartier au peigne fin. Ne le trouvant nulle part, il revint sur ses pas, se jeta sur sa femme et la roua de coups. Les voisins accoururent et réussirent à l'immobiliser, permettant ainsi à Djouldé de s'enfuir et d'aller s'enfermer dans sa chambre.

Les larmes de Djouldé, toujours seule dans sa chambre où elle s'était enfermée, continuaient de couler sur ses joues. Elle pensa au nombre de fois qu'elle avait pleuré ! Combien de fois elle avait supplié le Bon Dieu de lui donner un enfant pour ne pas donner raison à ses coépouses qui lui disaient toujours qu'une femme sans enfant n'était pas une femme ! Ces comportements avaient fini par faire d'elle une habituée des marabouts et charlatans du pays. À combien de guérisseurs avait-elle rendu visite dans l'espoir de trouver une solution ? Du charlatan Dianguiné au vieux Mossi Nikiéma, ce grand guérisseur burkinabé qui lui avait pourtant dit de s'en remettre à Dieu, l'Omnipotent, le Miséricordieux.

Djouldé n'avait pas écouté. Mais Dianguiné lui avait donné espoir en disant qu'il pouvait l'aider. Elle en était heureuse et s'était accrochée à cet espoir qui exigeait de graves sacrifices. Elle n'avait pas peur et était prête pour les affronter, quelle que soit leur nature. Dianguiné lui avait dit :

— Ah, Djouldé, ma brave Djouldé, j'ai consulté mes gris-gris et j'ai une bonne nouvelle. Vous enfanterez. Les cauris m'ont montré les sacrifices. Ils ne sont pas faciles. Mais avant cela, je vous informe que dans cette chambre (il montra la chambre du doigt), se trouve mon frère jumeau…

— Vous avez un frère jumeau ?

— Oui, mais un frère « serpent ». Il n'a jamais marché de la vie. Il ne parle que dans des situations pareilles. C'est lui que vous allez voir dans la chambre pour les sacrifices.

— Pensez-vous, Dianguiné, que ça va marcher ?

— Oui. Allez rapidement le voir. Je rentre en premier et je serai derrière le rideau. Dès que vous entendez un bruit de pilon, vous rentrez.

Impatiente, Djouldé s'y était ruée. Elle n'en croyait pas ses yeux tellement la chambre était remplie de gris-gris. Des têtes et des peaux d'animaux féroces, des squelettes de tout genre… tout était accroché aux murs. Des cauris étaient jetés partout. Une lampe traditionnelle brûlait et une odeur de beurre de karité embaumait ce lieu, le tout mélangé à une odeur de poisson pourri. Elle en avait la nausée, mais était prête. Djouldé avait salué l'homme d'une voix faible et tremblotante.

— N'ayez aucune crainte, Madame, avait murmuré ce dernier. Si vous obéissez, vous porterez votre enfant au dos dans les neuf prochains mois. Obéissez seulement. Ce ne sera pas long.

— Bien, je suis tout ouïe. Mais c'est étrange. Vous avez la même voix que Dianguiné.

— Oui, nous sommes jumeaux, de vrais jumeaux. Passons à ce qui vous amène ici. Vous enfanterez, mais

42

les conditions ne seront peut-être pas faciles pour vous. Tout d'abord, prenez cet œuf, allez dans la cour, mettez-vous face à l'Est, cassez-le et vous me direz ce qu'il en est.

Tel un automate, Djouldé se jeta dehors, et cassa l'œuf avec toute son énergie. Elle ouvrit grand les yeux. Ce qu'elle vit faillit la paralyser. En lieu et place du jaune d'œuf ou d'un poussin auxquels elle s'attendait, elle vit des fils rouges mélangés, avec des petits nœuds par endroits. Elle en eut la chair de poule. Elle retourna sur ses pas, tout impressionnée et prête à poser mille et une questions. Elle se dit que cette fois-ci, elle avait tapé à la bonne porte. Toute excitée, elle voulait rapidement connaitre la suite. Elle fonça presque sur l'homme et le supplia de parler. Comme ce dernier restait silencieux, elle ouvrit son sac et sortit des billets de banque tout neufs : « Prenez ceci, il est à vous. Ce n'est pas l'argent qui compte. Vous en aurez d'autres, dit-elle.

— Laissez cela de côté, répondit l'étrange personnage. Le problème n'est pas là d'abord. C'est trop sérieux. Les sacrifices sont difficiles, pas pour moi, mais pour vous. Vous savez, Djouldé, quelqu'un vous a jeté un mauvais sort. C'est l'œuvre d'une femme. Elle est trapue, très noire. Elle n'est ni grande ni petite.

— Je savais, balbutia Djouldé. C'est ma coépouse Anta. Elle est si méchante ! Elle n'a jamais accepté mon mariage avec Diamantio. Elle finira mal. Elle va m'entendre !

— Je suis d'accord avec vous, reprit l'homme. Mais oubliez-la. Vous voyez, les fils rouges ne sont autres qu'un utérus attaché pour ne pouvoir jamais concevoir. Alors, comme je vous l'ai dit, il y a une solution à tout. Regardez ici. Parmi les fils, il y a un de blanc. Si tout était rouge, c'est alors que j'aurais eu peur. Le blanc signifie que l'espoir est permis. Êtes-vous prête pour les sacrifices ?

Elle se leva, et à la grande surprise du monsieur, fit deux rakats[21] en remerciant le Bon Dieu.

— Moi, Djouldé, avec un bébé au dos ? Hey ! Je clouerai le bec à tous ces malintentionnés, aux langues de vipère. Parlez, Monsieur, je ferai tout ce que vous me demanderez !

— Vraiment tout ?

— J'ai des moutons, des bœufs, de l'or et mon mari est riche.

— Il ne s'agit nullement de tout cela.

— Dites-moi seulement. Je vous dis que les moyens ne manquent pas.

— Alors, voilà, vous devez partager mon lit, et ce, pendant une semaine.

— Quoi ? Vous plaisantez ! Si oui, c'est de mauvais goût, je vous préviens. Je suis une femme mariée, Monsieur, et je n'ai jamais trompé mon mari, dit

---

21. Prières.

44

Djouldé sous le choc, en avalant sa salive, très choquée, perturbée par la tournure que prenaient les évènements.

— Mais, voulez-vous oui ou non un enfant ? Vous venez de dire à l'instant même que vous êtes prête à tout.

— Bien sûr que je veux un enfant et c'est pourquoi je suis ici, mais il doit y avoir une autre solution.

— C'est la seule condition, Madame.

Il s'en suivit un long silence fait d'hésitations, d'introspection, que Djouldé se décida à rompre la première :

— D'accord, murmura-t-elle d'une voix presque inaudible, malheureuse. Je suis prête. Quand est-ce que cela doit commencer ?

— Aujourd'hui même.

— Est-ce que je dois en informer mon mari ?

— Non. Ceci reste notre secret.

Elle inspira profondément, prit son courage à deux mains, enleva ses habits et s'allongea. L'homme s'approcha d'elle, caressa son corps et se déshabilla à son tour. Il essaya de passer à l'acte et aussitôt, à la grande surprise des deux, son pénis prit feu. Sous la douleur, l'homme arracha son bandage et tous les deux comprirent qu'un sort avait été jeté à Djouldé. Quiconque tenterait de la toucher sexuellement, courrait des risques et des périls. Djouldé comprit que l'homme qui avait failli la posséder n'était autre que Dianguiné. Prise de panique, elle prit ses jambes à son cou et quitta les lieux, laissant Dianguiné à son sort. Deux jours plus tard, la nouvelle de la mort de Dianguiné se repandit comme une trainée de poudre. Une mort mystérieuse dont seuls Dianguiné et Djouldé détenaient le secret.

Fatiguée de tout cela et ayant pris un coup dur à cause de la mort de Dianguiné, Djouldé se calma pendant une année, avant de se lancer de nouveau dans sa recherche d'une solution à sa stérilité. Un jour, une cousine lui parla d'un vieux Mossi du nom de Nikiéma qui faisait des miracles. Elle tenta sa chance auprès de ce dernier. Le vieil homme l'avertit :

— Ma fille Djouldé, vous enfanterez, mais cet enfant sera source de malheur. Il vous fera honte. Si vous m'écoutiez, vous oublieriez cette histoire d'enfant. Vos coépouses en ont eu, ce sont les vôtres aussi. Vous pouvez demander à adopter celui qui porte le nom de votre père. Ce sera votre façon de remercier votre mari pour une si belle initiative.

— Mais, Nikiéma, répondit Djouldé, je pense que vous ne comprenez pas mon désespoir et ma souffrance, les moqueries dont je suis l'objet de la part de mes coépouses à longueur de journée, le regard accusateur des voisins et de ma belle-famille, et même de mon mari. Non, il me faut cet enfant. Tout mon corps et toute mon âme le réclament et je l'aurai, quel qu'en soit le prix. Je suis prête à affronter tous les défis qui

46

se mettront sur mon chemin !

— Et même à défier le destin ? Dieu ? Parce que c'est de cela qu'il s'agit.

— Non, Nikiéma. Je sais que je peux enfanter. Je le sais à cause de ce qui s'était passé avant que je ne me marie à Diamantio. J'étais tombée enceinte et mon enfant était un mort-né. Diamantio le savait et malgré mon état il a accepté. Tout le monde n'est pas au courant. Alors, pourquoi je n'arrive pas à tomber enceinte ? Ce mystère me dépasse et m'assomme.

— Dieu ne fait rien pour rien. Lui seul sait ce qui est bien ou ne l'est pas. Il agit au moment opportun. Par exemple, tu t'acharnes pour entreprendre un voyage pour une raison ou une autre, tu es incapable de le faire et tu en es malheureux. Mais tu remercies Dieu en apprenant le crash de l'avion que tu devais prendre. C'était juste une parenthèse. On ne croit que ce qu'on a envie de croire, surtout lorsque l'on est animé par un désir on a même tendance à nier l'évidence.

— Mais pourquoi donc moi ? Qu'est-ce que mes coépouses ont de plus que moi ?

— Rien, ma brave Djouldé, mais on ne doit pas forcer le destin. Je ne suis qu'un prestataire de services. D'accord donc. Très bien, ma chère amie, je vais m'y mettre. Repassez demain pour les sacrifices. Mais avant cela, je vous informe que l'infertilité d'une femme n'est pas aussi grave que celle de l'homme. Une femme qui est stérile peut autoriser son mari à prendre une deuxième femme – comme l'autorisent certaines religions – afin d'avoir une descendance et une continuité dans la lignée. Mais un homme qui est infertile, c'est encore plus grave. Ce n'est pas pour rien que je suis guérisseur. Je vous comprends encore plus, car j'en suis une victime aussi.

Djouldé sursauta, surprise :

— Non, ne me dites pas cela !

— Si pourtant ! Je ne sais pas si je vous ai dit que j'ai un frère jumeau ?

— Ah bon ! Non, je ne le savais pas.

— C'est lui qui est stérile. C'est pourquoi j'ai consacré toute ma vie à la recherche d'un remède à la stérilité. Avoir un enfant était devenu une obsession pour lui. Il errait toute la journée entre les maternités de la ville, à regarder les bébés. Il visitait les orphelinats et les pouponnières. Il s'invitait à chaque baptême même s'il n'y connaissait personne. Il a failli devenir fou... Lui et sa femme sont allés partout sans succès. Leur dernière tentative fut Cuba. Les médecins conclurent que la femme n'avait rien et demandèrent à mon frère de faire des analyses. Ce dernier n'en avait pas vu l'importance puisqu'il pensait que le problème venait de sa femme. Néanmoins, pour faire plaisir à cette dernière il accepta. Les résultats montrèrent que c'était plutôt lui qui était infertile. Il faillit piquer une crise cardiaque. Il traita les médecins de tous les noms et ceux-ci firent de nouvelles analyses : mêmes résultats.

48

Ils retournèrent en France et de nouveau, les mêmes résultats. Le problème ? *Den kisè ta joli la*[22].

Le monde s'écroulait autour de lui. Il n'arrivait pas à accepter sa situation. Lui dont le nom et la gloire auprès des femmes résonnaient dans toute la ville. Ça ne pouvait pas être lui, continuait-il à se dire. Pensant toujours que c'était plutôt sa femme qui était la cause malgré les résultats, il prit la décision de prendre une autre femme alors qu'il était sous un régime monogamique. Sa femme s'opposa farouchement au changement de ce statut quand il lui fit la demande. Alors, il se rebella. Il coupa court avec sa femme. Il ne la touchait plus. Tant qu'elle ne changeait pas d'avis, rien ne les unirait désormais. La pauvre s'était confiée à moi. J'ai tout fait, mais il restait sourd. Alors, il commença une nouvelle conquête avec la plus jolie fille de la ville qui succomba à son charme. Leur première rencontre se passa dans l'un des hôtels chics de la ville. Pour mieux le séduire, cette dernière parla d'avenir, en lui disant qu'elle connaissait son histoire et le conseilla de ne pas désespérer et que l'espoir est permis avec elle, qu'un homme aussi beau, fort comme lui, ne saurait être stérile. Elle lui donnerait de beaux enfants. Et là, elle gâcha tout. C'était la catastrophe. À cause de la peur, son membre resta mou entre ses jambes ce soir-là. Frustrée, en proie à mille interrogations, elle préféra s'enfuir et répandit la nouvelle à travers toute la ville.

---

22. Son sperme ne produisait pas de spermatozoïdes.

Ma chère Djouldé, laisse-moi te dire que la tête et le sexe vont ensemble. Mon frère était anéanti. La peur et la honte commencèrent alors à l'habiter. Il n'était plus lui-même, le grand, le fier, l'orgueilleux, mais désormais un moins que rien. C'est ce qu'il disait quand on essayait de le raisonner. Après l'incroyable se produisit. Je dis bien incroyable, car la suite des évènements me laissa sans voix, détruisit ma vie, à moi aussi. Je compris ce jour-là que la peur est une maladie. Et cette maladie qui s'empara de nous, nous fit commettre ce lourd secret que je m'apprête à te révéler, Djouldé. Tu seras certes ébahie, Djouldé, mais je sais que tu ne m'en voudras pas, car tu es bien placée pour me comprendre.

Nikiéma narra à Djouldé la folie qui s'empara de son frère et de lui-même. Avait-il, lui Nikiéma le choix ? Lui et son frère sont de vrais jumeaux. Ils avaient eu une enfance heureuse. Ils partageaient tout et étaient très complices, mais de caractère différent. Nikiéma est introverti et son frère est tout le contraire. Son frère passait la plupart de son temps dehors alors que lui préférait la solitude. Il aimait beaucoup la nature. Ses moments préférés étaient le soir quand toute la maisonnée dormait. Alors, il sortait sa chaise et se mettait à contempler le ciel, les arbres, les fleurs, à sentir leurs odeurs. Ces parfums tournoyaient en lui. Ce jour-là, ce n'était pas le cas. Tout était sombre et triste. La lune semblait fâchée et les étoiles ne brillaient pas. Il avait un pressentiment qui le fit penser particulièrement à son frère, à ce qu'il était devenu à cause du mal qui le rongeait de l'intérieur, à son regard triste et éteint. Soudain, il sursauta. Une main venait de le toucher et il vit son frère debout à côté de lui. Il regarda l'heure. Il était 3 heures du matin. Diable, que faisait-il là, se demanda Nikiéma. Son frère semblait préoccupé et effaré. Il lui dit qu'il avait besoin de lui parler. Sans même attendre sa réponse, son frère se mit à genou, les bras derrières le dos. Malgré la pénombre, Nikiéma pouvait lire dans ses yeux que ce qu'il allait lui dire était grave. Très grave. Ce qu'il lui demanda le laissa sans voix. Nikiéma avait la nausée. Il tremblait comme une feuille. Se ressemblant comme deux gouttes d'eau, il voulait que Nikiéma couche avec sa femme à l'insu de cette dernière pour qu'elle tombe enceinte et faire croire que l'enfant était de lui. Djouldé n'en croyait pas ses oreilles. Elle se redressa sur sa chaise et posa la question qui lui brulait les lèvres.

— Et ?

Nikiéma se tut un instant et n'osait regarder Djouldé qui était impatiente de savoir la suite.

— J'ai refusé catégoriquement. C'est fou ce qu'il me demandait. As-tu une idée, Djouldé ! Incroyable. J'ai simplement demandé à mon frère de voir un psychiatre. Alors, il péta les plombs. Il se calma une semaine. Et, un autre jour il débarqua encore et menaça de se donner la mort. Il avait le couteau et tremblait comme une feuille. L'impossible se passa. Je me lançais ainsi dans une aventure dont je ne connaissais ni la mesure ni la limite. Un mois plus tard, ma belle-sœur tomba enceinte, de moi. C'était la joie dans la famille et dans toute la ville. J'avais juré sur le Coran à mon frère que ceci resterait notre secret. Le mal était fait. Du moins pour moi, mais, eux, ils étaient heureux. Les rumeurs sur son impuissance s'étaient envolées. Sa virilité fut confirmée. Comment il se débrouilla avec sa femme après, je n'en sais rien. Quant à moi, je vivais un calvaire. J'avais mal, très mal et j'étais dégoûté. Ne tenant plus, j'ai décidé de partir à l'aventure, avec toute ma famille, c'est-à-dire ma femme et mes deux enfants, sacrifiant tout. Un grand sacrifice. Ma famille, ma culture, mon pays. Rien n'était plus comme avant. L'image de mon frère, mes nuits avec sa femme, cet enfant, tout ceci continue à se dresser devant moi et s'est inscrit en filigrane partout où je me trouve. La ville était sans joie. Tout ce qui me ravivait autrefois, depuis cette page sombre de mon existence, je voulais les effacer de ma mémoire. C'est pourquoi, j'ai changé mon nom. J'étais Nouhoum et aujourd'hui, je suis Nikiéma. Ma femme ne posa pas de questions. Mes enfants étaient petits. Je pense que mon départ arrangeait bien mon frère. Il ne craignait plus rien. Nous sommes en contact, mais le sujet reste tabou. Ce fils que tout le monde croit être le sien grandit sans problème. Aujourd'hui il est cadre dans une grande entreprise de la place. Voilà, Djouldé, mon histoire. Dois-je avoir honte ?

Djouldé ignora la question. Elle était sous le choc après une telle confidence. Un lourd silence s'était installé. Puis Djouldé reprit :

— Tout le monde a droit au bonheur, Nikiéma, à condition que l'on décide de prendre en main sa propre vie et sa propre destinée. C'est ce que ton frère a fait. Mettons-le comme ça.

— Vous savez, Djouldé, vous les femmes, vous vivez mieux l'infertilité que nous les hommes, car souvent on pense que notre infertilité est liée à l'impuissance et les commentaires vont bon train... Mais, revenons à vous. Repassez jeudi pour les sacrifices.

Comme par miracle, les sacrifices de Nikiéma avaient porté des fruits. Comment ? Elle ne saurait le dire. Un moment ses fameuses menstrues ne s'étaient pas manifestées, alors qu'elle avait perdu tout espoir. Djouldé tomba donc enceinte. Dieu avait entendu leurs prières. Elle était heureuse et, pour éviter qu'on lui jette un sort qui pourrait menacer la venue de cet enfant, elle alla passer le reste de sa grossesse chez ses parents.

Chakani vint au monde. C'était la joie. Nikiéma fut récompensé. Djouldé avait remercié le Bon Dieu. Elle et son mari avaient chanté leur joie et leur reconnaissance à Dieu :

Que de larmes versées
Que de pleurs étouffés
Avenir incertain
Jours sans lendemain
Hommes de culte
Je vous ausculte
Mon mari est aux abois
Faites donc que je sois
Car à mon mari, je dois
À la société, je dois
Vouloir, mais ne pas pouvoir est odieux
Oh mon Dieu le Bon, le Miséricordieux
Vous n'êtes donc pas resté sourd à mon désarroi
Ni indifférent à mon désespoir
Ni insensible à mon espoir
Tout cela est fini
Aujourd'hui est un jour béni
À vous, je dois cette joie
Une nouvelle page s'ouvre pour moi
Oh stérilité
Tu as persisté
J'ai insisté
Dieu a tranché !

Chakani, l'enfant prodige tant désiré, venu au moment inattendu, était donc chouchouté et dorloté ; on n'avait d'yeux que pour lui. Il grandit dans l'amour. Tout lui était permis sans le moindre reproche : *na ye min ke, Alla yoke,*[23] telle était la devise de sa mère. Alors, comme qui trop étreint étouffe… Ce fils, se voyant tout permis, devint de plus en plus vulgaire, impoli, insolent, effronté et arrogant. Il méprisait tout le monde. Diamantio et Djouldé ne réalisaient pas qu'ils étaient en train de perdre leur fils. Ils n'avaient pas su lui parler ni lui montrer l'importance du respect. À la fin, leurs rapports avec les autres n'étaient que reproches, disputes. À chaque plainte des victimes de Chakani, les parents le couvraient et restaient sourds et muets, contribuant ainsi à faire de lui un mal-aimé et, pis, quelqu'un d'infréquentable : personne ne voulait plus que son enfant l'approche. Il était devenu un laisser pour compte. Il avait donc fini par avoir des fréquentations douteuses, sortait quand il voulait et, souvent, passait la nuit dans les boites de nuit et les bars. Son nom était mêlé à toutes les bêtises, à l'école comme dans le quartier. Quand les parents se rendirent compte que leur fils courait à sa perte, il était trop tard. Ils essayèrent de le faire revenir à la raison. Chakani se rebella. Il continua la vie qu'il s'était choisie, faite d'alcool et de drogue.

C'est tout cela que Mamourou avait essayé de faire voir à Diamandio. Ses propos n'étaient donc pas ceux d'un fou. Il voulait simplement dire à son cousin que l'éducation d'un enfant était la responsabilité de tout le monde, de l'enseignant aux voisins, pour ainsi dire de toute la communauté. Auparavant, un enfant pris en flagrant délit pouvait être châtié par n'importe quel

23. Tout ce que Chakani faisait, c'est comme si c'est Dieu qui le faisait.

adulte sans que ses parents ne cherchent même à savoir le pourquoi. De nos jours, cette valeur n'existe plus et Mamourou en est vraiment frustré. On ne touche plus à un cheveu de l'enfant d'autrui. Ils sont devenus des princes incontrôlables et agressifs, car tout leur a été permis, du mensonge au vol et à la prostitution. Ce n'était d'ailleurs pas la première fois que Mamourou s'en prenait à Diamantio. Leur dernière dispute datait seulement de deux mois quand l'un des professeurs avait essayé de gonfler les notes d'une des nièces de Diamantio pour des tickets d'essence ou de l'argent liquide. Mamourou avait craché à la figure de Diamantio, que ledit professeur ne se limiterait pas seulement aux matériels, mais finira un jour par avoir la fille dans son lit. Diamantio avait piqué une grande colère et s'en était pris violemment à son cousin :

— Je finirais pas te tuer si tu ne me laisses pas tranquille.

— Comme tu voudras, Diamantio. Comme tu voudras, mais je ne me fatiguerai jamais de te dire que des valeurs comme la loyauté, l'honnêteté, la franchise sont foulées aux pieds et vive l'argent facile, le bien mal acquis. Alors, ne soyons pas surpris de voir des enfants mal élevés, qui finissent par être des citoyens malhonnêtes et corrompus, une image de notre société aujourd'hui. Parce que l'éducation de base a foiré, celle qui est pourtant capitale pour l'équilibre de toute société qui aspire à un bien-être et un développement socio-économique. Une des conséquences de ta démission, comme celle de beaucoup de parents, fut que Chakani, si tu ne le sais pas, je te le dis, est aujourd'hui le chef d'une bande redoutable de six malfrats.

Mamourou avait raison sur les agissements de Chakani, qui, adolescent, devint ainsi le chef de grin d'une bande de six garçons : Solo dit Kamalen saraman[24], surnom qu'il s'était donné lui-même, car il se croyait beau alors qu'il n'en était rien. Il était trapu, avec des cheveux crépus qu'il ne peignait jamais. Molobali dit Molo, Sam dit « *Takokelen* »[25], Moussa dit Flabala et enfin Djimé dit Djim. Six amis inséparables, unis dans le mal, qui avaient fréquenté le même établissement scolaire, mais en avaient été exclus pour indiscipline caractérisée. Ils avaient fini par former une bande de délinquants redoutés qui s'adonnaient à des cambriolages, des attaques à main armée, des viols… la plupart d'entre eux avaient déjà connu la prison.

De caractères différents, chacun avait un rôle spécifique au sein de la bande : Solo repérait les nouvelles zones d'attaque. Pour ce faire, il pouvait rôder aux alentours de ses cibles pendant des jours afin de mieux se familiariser avec les lieux. Il était très espiègle, patient, intelligent et très vicieux. Molo était le musicien, donc l'animateur du groupe. Il était accroché à sa guitare toute la journée et savait égrener les notes

---

24. Garçon charmant.
25. Rapide comme une flèche.

des grandes stars mandingues telles que Mory Kanté, Kanté Mafila, Mody Djeli, Sékouba Bambino ou Salif Keita. Takokelen était spécialisé dans les vols rapides, d'où son sobriquet. Il était également le photographe du groupe. Flabala était le rapporteur. Il était vigilant et attentif à tout ce qui se passait à ses côtés. Tout était rapporté, de la plus petite rumeur aux plus gros scandales. Djim était le plus méfiant. Son rôle était de gérer les conflits. Beau, clair, grand et élégant, toujours tiré à quatre épingles, il était l'ami des filles et leur défenseur. Mais il avait été entrainé par le groupe parce qu'il n'avait pas de famille dans la ville et logeait chez son ami Flabala.

Quant au chef lui-même, Chakani, tout se passait chez lui. Il coordonnait les activités. Il était très clair, teint qu'il avait hérité de sa mère Djouldé. Il était costaud. Il tenait trop à ce corps qu'il entretenait bien. Il pouvait passer deux heures de musculation par jour pour maintenir un physique de loubard. Il portait une coiffure de rastas, une boucle à son oreille droite et toujours des lunettes fumées. Son corps était couvert de tatouages d'animaux féroces. Sa casquette, avec la photo de Che Guevara, ne le quittait jamais. D'ailleurs les photos du révolutionnaire et celles de Fidel Castro, Bob Marley, U Roy, Peter Tosh, Stevie Wonder... ornaient le mur de sa chambre. Il dormait jusqu'à 16 heures et gare à quiconque le réveillait, quelle que soit l'urgence. Quand il était réveillé, c'était pour écouter de la musique reggae à plein volume. Personne n'osait lui demander d'en baisser le volume de peur d'être sermonné. Sa colère pouvait glacer le sang lorsqu'elle éclatait. Il était vulgaire. C'était le tortionnaire du groupe, toujours sous l'effet des stupéfiants. Il parlait peu, un calme pesant qui faisait peur, donnait la chair de poule. Son surnom était *Takami*[26].

La bande avait fait un pacte de sang : ne jamais se trahir, se devoir respect et considération. En cas de problèmes, chacun se débrouillait sans dénoncer les autres. Chacun devait être consulté sur les prises de décisions, quelles que soient leurs natures. Il était hors de question de s'attacher à une fille ou tomber amoureux.

Leurs activités se résumaient aux cambriolages, aux vols à mains armées et aux viols. En douze mois, ils avaient violé à peu près vingt filles. Le viol était finalement devenu un jeu d'enfant pour eux. Leurs cibles étaient les lycéennes, les filles à papa. À la vue d'une nouvelle fille, Chakani se frottait les mains et se disait : « Encore une à croquer et qui va vite passer à la casserole ! »

Avec l'expérience acquise au fil du temps, ils savaient repérer et traquer leurs victimes, reconnaître les proies faciles. Chakani avait ses préférences : les minces aux grosses poitrines. Quant à Solo, il avait un faible pour les derrières pointus. Les petites bonnes

---

26. Braise ardente.

étaient le fantasme de Flabala. Selon lui, leur odeur le faisait monter au septième ciel. Il aimait dire que le naturel est toujours le meilleur. Mais Djim avait une toute autre idée sur les goûts de Flabala. Pour lui, c'était plutôt la facilité qui attirait son ami. Avec mille francs, disait-il d'un air hilare, les pauvres mordaient facilement à l'hameçon. Djim, quant à lui, avait du mal à résister aux filles sexy et aux filles à papa. Pour elles, il savait être un vrai gentleman. À chaque rendez-vous, il prenait le soin d'apporter des fleurs ou des pâtisseries, la vraie classe quoi ! Sam, lui était gay. On ne l'avait jamais vu avec une fille. Le sujet était tabou. En revanche, ce n'était pas facile pour Molo. Il avait de grosses balafres qui le rendaient timide. Alors, comme ils pétaient la forme, ils étaient beaux. Donc beaux et toujours bien fringués, ils menaient facilement les filles dans leur piège. Comme stratégie, ils nouaient d'abord amitié avec elles et les faisaient sortir chaque week-end pour aller en boite ou au cinéma. Souvent même, ils se payaient un week-end dans les régions proches de la capitale. Les filles étaient donc plus séduites. Alors, ils passaient à l'attaque, les violaient et s'en débarrassaient comme un animal mort sur un tas d'ordures. À chaque viol, ils s'arrangeaient toujours pour que Sam fasse semblant de les surprendre en donnant comme excuses qu'il s'était trompé de chambre. Il en profitait pour prendre rapidement une photo. Si jamais les filles abandonnées menaçaient de tout révéler, alors, ils les faisaient chanter en menaçant d'afficher les photos sur les lieux publics ou à l'école qu'elles fréquentaient. Les filles désormais bafouées, humiliées et blessées dans leur orgueil n'osaient plus dire mot et prenaient leur mal en patience.

Quant aux vols à main armée, ils les opéraient aux environs de deux heures du matin.Les maisons de jeunes couples rentrés de l'exterieur étaient leurs cibles. Leur butin était confié à Abdoulaye dit Bloni qui était gardien d'une villa dans les périphéries de la capitale – villa dont les propriétaires vivaient à l'étranger et ne venaient au Mali que pendant les vacances. Bloni et la bande faisaient la fête. Tout se passait chez lui : les viols et la garde de leurs sales butins.

Donc, la bande des six se foutait des gens, semait la terreur dans le quartier et personne n'osait avertir la police de peur d'être victime d'une agression. Alors, silence radio sur ce gang de criminels. Malheureusement pour eux, tout a une fin dans la vie sauf la puissance divine. Il y a des crimes qui ne peuvent pas être impunis. Ce fut le cas du viol de Poupée, la fille de Djita, d'où la révolte de la population, qui vit la maison de Diamantio saccagée.

À quelque chose malheur est bon, a-t-on coutume de dire. Le ras de bol de la population avait ouvert les yeux de Djouldé et elle ne pouvait ne pas penser à tout ce que Nikiéma avait prédit : un enfant qui ne serait que source de malheurs, de honte. Djouldé avait honte et après le départ de la foule et l'humiliation infligée par son mari, elle chantait et pleurait à chaudes larmes, des larmes de désolation, de désespoir. Occupée à préparer le repas, sa coépouse qui avait assisté à toute la scène avec Diamantio, l'entendait chanter. Surprise, elle s'arrêta devant le seuil de la cuisine, prit un temps, puis rejoignit Djouldé dans sa chambre.

Elle regarda longuement la pauvre femme prostrée, secoua sa tête et eut un pincement au cœur. Elle regretta un moment tout ce qu'elle avait fait subir à Djouldé. Comme c'est dur d'être une mère, se dit-elle. Elle entoura les épaules de Djouldé de ses bras. Celle-ci se laissa câliner, car elle en avait besoin. Les deux femmes chantèrent ensemble. Touchée par cette marque de tendresse dont elle avait été privée depuis longtemps, Djouldé la remercia d'un regard triste qui en disait long. Sa coépouse, animée par un sentiment de regret, se leva doucement, sortit à pas lents, referma la porte sur Djouldé, et disparut dans la cour, le cœur triste.

*****

Djouldé resta prostrée dans sa chambre, indifférente à tout ce qui se passait dans la cour. Elle était perdue et avait le cœur meurtri par toutes ces méchancetés qu'elle venait d'entendre de Diamantio. Quelle honte ! Elle ne lui pardonnerait jamais de l'avoir humiliée devant sa coépouse. Elle pensa à la chanson de Bazoumana Sissoko *ni maa ma saa, ko bè juru biila*[27]. Elle était déçue, car son mari, au lieu de la consoler, en avait rajouté à sa tristesse. Comment avait-il osé ? Elle comprenait son désarroi, mais il était allé trop loin.

Cet enfant, elle l'avait voulu, quel que soit le prix à payer. Ce n'est pas normal qu'une femme belle et élégante comme elle, courtisée pendant longtemps par les grands de ce pays qui la trouvaient t trop belle pour Diamantio, ne puisse pas avoir un enfant. Sept ans d'infertilité ! Elle et son mari étaient allés partout, aux USA, en France, mais la triste réalité s'imposait. Les résultats étaient formels, sans appel : elle était stérile. Finalement, avec l'accord de son mari, elle s'était tournée vers les marabouts et les guérisseurs traditionnels de la sous-région, y dépensant toute leur fortune. Tous les sacrifices y passèrent : un bœuf, un cheval, etc. Elle avait tout investi, maison, bijoux, bétail. Mais

---

27. Tant que l'on est en vie, nul n'est à l'abri ou la vie réserve bien des surprises.

cela importait peu à côté de son désir d'enfanter. Oui, son désir avait le dessus sur tout, et il ne se passait pas un jour sans qu'elle ne pleurât sous ses couvertures. Elle se levait au milieu de la nuit pour implorer le bon Dieu. Les jours se suivaient et se ressemblaient, et les mois passaient sans que le moindre indice ne se manifestât. Alors, son cœur meurtri cessa de rire. Ses menstrues étaient devenues stressantes. Elle les comparait à des sangsues qui suçaient son sang. Elle les implorait d'être source de vie. Elle les haïssait. Les soupçons, les regards louches et glaciaux de son mari la hantaient. Angoisses, espoirs brisés, nuits blanches, dédains, dégouts et plaisirs engloutis étaient devenus ses compagnons fidèles. Et pire, il ne se passait pas un jour sans qu'elle ne fût victime des moqueries de ses coépouses. Elle avait beau essayer de les ignorer, de mettre tout cela entre parenthèses. En vain. Pourquoi donc elle ? Elle n'arrêtait pas de se poser cette question. Toutes ces souffrances qu'elle avait subies et qu'elle avait oubliées à la venue de Chakani, Diamantio venait de les lui faire revivre. Sa conclusion fut qu'il ne l'aimait plus, sinon il ne l'aurait jamais l'humilier comme il venait de le faire. Elle était lamentable ! Elle s'était levée, s'était mise devant son miroir et vit l'image d'un corps abimé. Ce beau corps qu'elle entretenait tant n'était plus que laideur. Elle n'avait plus le temps pour maintenir sa beauté, à force d'avoir à parcourir le monde à la recherche d'une solution à son infertilité.

Son sourire s'était effacé de ses belles lèvres noires qui étaient devenues sèches et fanées. Elle n'était plus la belle petite adolescente que Diamantio avait épousée. En plus, quand Chakani vint au monde, la maternité et l'entretien du bébé tant attendu l'avaient poussée à négliger son mari. Elle avait des rapports sexuels avec lui, non par amour, mais par devoir. Leurs ébats manquaient de leurs saveurs d'antan. Elle regretta de s'être négligée. Mais elle croyait bien faire, car elle était davantage convaincue que la venue d'un enfant allait être une solution contre l'ennui qui s'était emparé de son couple. Elle reconnut que l'ennui tue l'amour au sein d'un couple qui a besoin de fantasmes, de stratégies, d'imagination pour continuer à raviver une flamme qui, à défaut, s'éteint à petit feu et la passion fait place à la monotonie. Après l'ennui vint le mépris. Ce qu'elle craignait était arrivé. Sans s'en rendre compte, elle s'était éloignée de Diamantio petit à petit. Au lieu de choisir le dialogue, elle s'était adossée au silence, enfermée dans le mutisme. En conséquence, son mari s'était aussi éloigné d'elle chaque jour un peu plus. Il avait eu raison de la traiter ainsi. Elle avait tout compris. Elle n'était plus à la hauteur. Elle venait de subir les pires humiliations de sa vie. Elle était une femme trahie par son mari, et la risée de ses coépouses. Les propos de Diamantio bourdonnaient dans ses oreilles en même temps que la chanson que ses coépouses fredonnaient à cœur joie pour se moquer d'elle. Elle eut envie de vomir. Elle s'adossa au mur, jambes écartées, mains sur la tête et sans s'en rendre compte, se mit à marmonner d'un ton pathétique cette chanson qu'elle haïssait de tout son être :

Sang de mépris, sang de dégout
Triste réalité mensuelle, tu me dégoutes
Espoirs une fois de plus brisés
Renoncer ? Espérer ?
Intense désir d'enfanter
Lamentables menstrues, quelle ténacité !
Illusions refoulées ou renouvelées ?
Tragique destin sera le mien
Enfanter ne sera-t-il jamais mien ?

Ses souffrances étaient loin d'être terminées. Avec le viol de Poupée, elle avait peur pour son enfant. Elle savait que la police ne ménagerait aucun effort pour mettre la main sur lui et sa bande. Elle avait raison d'avoir peur. Deux éléments de la bande, Djim et Molo avaient été arrêtés. Ils avaient été torturés, malmenés, mais restaient muets comme des carpes sur l'implication de Chakani. Ce dernier était en fuite. Deux mois plus tard, Chakani revint et renoua avec ses amis d'antan qui, faute de preuves, avaient été relâchés, au grand mécontentement de la population. Tout le monde savait que les membres de la bande de Chakani étaient les auteurs du viol de Poupée. Diamantio avait payé une grosse somme d'argent pour étouffer l'affaire. Une fois de plus, Chakani et sa bande avaient gagné. La population était furieuse, frustrée par l'impunité.

*****

La bande se calma un moment avant de recommencer de plus belle leurs méfaits, avec arrogance. Sa prochaine cible fut Momo, un garçon métis de vingt-cinq ans, au corps mince et au visage beau, avec un nez aquilin et de gros yeux noisette. Une chaine lui pendait au cou et tombait sur sa poitrine poilue. Il se dégageait de ce garçon une impression profonde de bonté et d'harmonie. Il était simplement un magnifique être humain qui avait une âme supérieure. Il était calme, et presque toutes les filles du quartier en étaient amoureuses et rêvaient de sortir avec lui.

Chakani ne supportait pas cela. Il en était foncièrement jaloux. C'était inacceptable qu'un étranger vienne leur piquer « leurs filles ». « L'étranger », c'est comme cela qu'il appelait Momo, car ce dernier avait vécu hors du Mali avant d'y revenir plus tard rejoindre son père, Zié Coulibaly, Coordinateur de l'ONG Mussow Kunkan[28].

La première rencontre entre Chakani et Momo eut lieu un samedi soir. La pluie venait de s'abattre sur la ville. Un vent frais soufflait. Chakani et sa bande pro-

___
28. La Voix de la Femme.

fitèrent de cette fraicheur pour faire la fête dans leur grin. Ils avaient sorti des instruments de musique et jouaient à plein volume. Chakani fumait une cigarette et squissait des pas de danse Reggae que ses amis imitaient. Aussitôt, il leur intima de faire baisser le volume de la musique. Il venait de voir Momo en compagnie d'une jolie fille qu'il voyait pour la première fois : « Mais les potes, siffla-t-il, vous voyez ce que je vois ? » Les regards se tournèrent vers la direction qu'il indiquait.

— Qui peut bien être celui-là ? Et qui est cette fille ? Demanda-t-il.

— Lui, c'est Momo, le fils que Monsieur Zié a eu quand il étudiait en Europe, répondit Sam. Il vient de rentrer au bercail.

— Depuis quand est-il ici ?

— Il y a quand même un peu longtemps. Je suis surpris que tu ne le connaisses pas et que tu ne l'aies jamais vu. C'est vrai, c'était au moment de ta fuite. Il fait partie du groupe de rap Les Éclairs. C'est lui-même qui en est le fondateur. C'est vrai qu'il sort rarement. D'habitude, s'il le fait, c'est pour aller à leurs séances de répétitions

— Et la fille ?

— C'est Chaata, elle doit être la nièce ou la sœur de madame Alice, la femme de Zié. Chaata a une histoire bizarre. D'après ce que j'ai appris, c'est Monsieur Zié qui, lors d'un de ses multiples voyages, l'a amenée.

Chaata était un mystère. Le sujet est tabou. D'aucuns

disent que Monsieur Zié l'aurait eue depuis l'adolescence et c'est cette année que la mère de la fille l'a contacté pour le faire savoir. On n'en sait pas plus.

— Donc, Zié réunit des enfants hors mariage ? Ha ! Ha ! Se moqua Chakani. Quel salaud ! Chapeau à Madame Alice d'accepter ce chapelet de bâtards sous son toit ! Je la respecte. Plus sérieusement, la fille est vraiment belle et personne ne m'a dit qu'il existait une telle beauté dans notre quartier. Tiens, Flabala, qu'est-ce que tu fais de tes qualités d'homme de renseignement. Je te donne quarante-huit heures pour en savoir plus sur elle. Elle me plait bien. Je vais bientôt la croquer, miaou !

— Apparemment son cœur est déjà pris puisqu'on la voit très souvent avec Momo. Ce qui veut dire que les rumeurs sont fausses quant à ses relations avec Zié. Elle ne doit ni être la fille de Zié, encore moins sa belle-sœur. Momo ne va pas sortir avec sa sœur ou sa tante. Ils ne vivent pas seulement sous le même toit, ils sortent ensemble et semblent vraiment amoureux. Cela saute aux yeux !

— Et déjà, cet étranger compte nous piquer « nos filles ». Celui-là ne perd rien pour attendre, hein ! Je vais m'occuper de lui et ça, croyez-moi, très bientôt, car la fille me plait bien, dit Chakani en se frottant les mains.

Contrairement à ce que venaient de dire les amis de Chakani, Chaata n'avait pas de liens de parenté avec Zié. Elle avait atterri dans cette famille par un pur hasard. Monsieur Zié revenait d'une mission et allait prendre le même vol que Chaata. L'aéroport était particulièrement animé ce jour-là. Les passagers s'entassaient quand soudain on annonça l'embarquement immédiat à destination de Bamako.

C'était l'annonce que Chaata attendait depuis quatre heures à l'aéroport international d'Alger. Quatre heures d'impatience. Son vol était prévu pour 16 heures, mais elle était à l'aéroport depuis bien avant midi. Elle était la première personne dans la salle d'embarquement, pressée de quitter cette ville. Alors, elle s'étira et lança un soupir de soulagement.

La voilà maintenant assise dans l'avion. Elle regarda à travers le hublot. Elle ne pouvait s'empêcher d'avoir un pincement au cœur. Ce pays qu'elle était en train de quitter lui a tout donné. Elle y était arrivée à l'âge de trois ans, selon les dires de sa grand-mère Dabel Kane Diallo. Aujourd'hui, à vingt-cinq ans, c'était une jeune fille pleine. Mais au moment où elle s'apprêtait à croquer la vie à belles dents, Dabel la quitta, foudroyée par une crise cardiaque, sans jamais lui avoir dit qui elle était réellement, sauf qu'elle était orpheline de père et de mère, et que toutes les deux étaient originaires du Mali. Toujours selon Dabel, la famille ne pouvant pas la prendre en charge au décès de ses parents, elle, Dabel, cousine de la grand-mère de Chaata, s'était proposée de recueillir l'orpheline, car elle-même n'avait pas eu d'enfant. Après dix ans de mariage sans enfants, son mari avait décidé de prendre une femme plus jeune, dans le souci d'avoir une lignée. Elle ne s'y était pas opposée, mais avait fini par divorcer, en exigeant de lui une grosse somme d'argent. Avec cet argent, elle avait entrepris de faire du commerce et ses affaires marchaient bien, et elle n'avait pas jugé nécessaire de retourner au Mali. Mais les questions que Chaata se posait portaient sur le reste de sa famille : Pourquoi le contact avait-il été rompu entre eux et Dabel ? Savaient-ils qu'elle était en vie ?

Dabel rentrait dans une grande colère à chaque fois que Chaata abordait le sujet. Un jour, elle finit par lui dire : « Chaata, je ne veux plus que tu me poses cette question. D'accord ? Le jour où je t'ai prise, on m'a dit : *a sara, a sara i ye, a balo la, a balo la i ye*[29].

Depuis ce jour, elle n'avait plus rien demandé au sujet de sa famille. Elle prenait son mal en patience. De quoi devrait-elle se plaindre d'ailleurs ? Elle avait tout. Dabel la gâtait. En plus, elle avait fait de bonnes études, une chance qui n'est pas donnée à tous les enfants. Elle ignorait que Dabel allait mourir de sitôt et être ensevelie sans que ces questions ne soient élucidées.

---

29. Elle t'appartient morte ou vivante.

*****

La voilà donc sur la route, à la recherche de sa famille. Où aller ? Par où commencer ? À vrai dire, elle n'en savait rien. Elle était consciente que la tâche ne lui serait pas facile. Chercher une famille Diallo au Mali ? C'est comme chercher une aiguille dans une botte de foin ! Elle en frémit. Elle soupira encore une fois de plus et refoula les larmes qui coulaient sur son joli visage. Elle se posait mille et une questions. Qui était-elle réellement ? De quelle ethnie ? Était-elle réellement malienne ? Sénégalaise ? Mauritanienne, Éthiopienne ? Guinéenne ? Nigérienne ? À chaque fois, on la confondait toujours avec toutes ces nationalités. Finalement, elle répondait qu'elle était tout simplement africaine. Elle en était à ces réflexions quand elle entendit une voix masculine, rauque, derrière elle.

— Suis-je le bienvenu ?

Au début, elle ne voulait pas répondre et feignit de ne pas entendre. Puis, sans se retourner, elle hocha la tête en signe d'acquiescement.

— Bien sûr, puisque vous avez payé pour cela, finit-elle par dire avec un petit sourire en levant ses yeux encore mouillés pour voir qui allait être son voisin pendant ce voyage. C'était un homme d'une cinquantaine d'années, belle allure, taille moyenne, ni beau ni vilain, avec un charme à la Jean-Paul Belmondo, mais très bien mis comme ces grands hommes d'affaires qui voyagent beaucoup. Elle l'enveloppait d'un regard évaluateur, cherchait ses yeux. Il souriait. Il avait l'air sympathique et un regard attentionné, respectueux.

— Merci bien, Madame. Alors, compagne de voyage, je me présente : je suis Monsieur Zié Coulibaly, et vous ? dit le Monsieur en se laissant affaisser sur le fauteuil en signe de soulagement.

— Chaata Diallo.

— Quel joli nom ! Sans être indiscret, vous partez en vacances ou vous en revenez ?

— Je ne sais pas trop, dit-elle en refoulant une larme.

— Comment vous ne savez pas ? Mais vous pleurez ? Ah, je comprends, vous quittez la famille ? Vous savez, c'est toujours dur, les séparations. Je suis passé par là aussi. Ne vous en faites pas, ça va aller. Si pleurer vous fait du bien, alors, donnez-vous-en à cœur joie.

Son compagnon de voyage demanda à une hôtesse de lui apporter un verre d'eau. Ensuite, il lui tendit un mouchoir et la tapota dans le dos. Elle était émue, et, au lieu d'être choquée par l'audace de ce monsieur qu'elle venait de connaitre, elle en était heureuse. Son instinct lui dit que ce monsieur était quelqu'un de bien. Il s'ensuivit un long silence et, sans savoir pourquoi, elle eut envie de tout relater à cet inconnu.

— Monsieur... excusez-moi, je n'ai pas retenu votre nom.

— Zié Coulibaly. Appelez-moi Zié. C'est comme ça que tout le monde m'appelle. D'accord ? Ça va mieux maintenant ?

— Oui, grâce un peu à vous.

— Ah bon ? Alors, j'en suis heureux !

— Vous savez, tout à l'heure, vous m'avez demandé si je partais en vacances ou si j'en revenais. En fait, je vais au Mali à la recherche de ma famille.

— À la recherche de votre famille ?

— Oui Monsieur.

Elle lui relata brièvement son histoire.

— En voilà une histoire à faire dormir debout ! Dit Zié quand elle eut fini. Donc, quelle sera votre famille d'accueil en attendant de retrouver les vôtres ?

— Je ne sais pas.

— Vous débarquez comme ça au Mali ? Et comment comptez-vous faire ? Bamako est si grand !

— Aucune idée. Mais le nom d'une ville revenait très souvent dans les conversations de ma grand-mère, Djenné. En attendant, je pensais aller à l'hôtel.

— Excusez-moi, je ne connais pas vos économies, mais cela va vous coûter cher.

— Je ne sais pas, je suis si perdue, dit Chaata en refoulant une larme.

— Allons donc, ne vous en faites pas ! La vie est faite de problèmes, mais il y a toujours des solutions. Dieu ne ferme pas toutes les portes, lui dit Zié en lui prenant la main.

Elle apprécia ce geste. Elle en avait besoin. Elle était perdue et avait besoin d'affection. Elle avait besoin de se confier.

Il s'en suivit de nouveau un long silence interrompu par la voix chaude du Commandant de bord qui souhaite la bienvenue aux passagers. Ensuite, les lumières s'éteignirent. Zié et Chaata restèrent tous les deux concentrés sur la démonstration des consignes de sécurité en vol. Zié avait mis à profiter cet instant de silence pour bien murir l'idée qu'il venait d'avoir :

— Vous savez, Chaata, vous pouvez venir chez moi.

Elle sursauta et ouvrit grand les yeux :

— Quoi ? Ah non, ce n'est pas possible !

— Si, c'est possible. Vous savez, je suis d'une grande famille et nous avons pas mal de personnes à la maison, des cousins, des neveux, des voyageurs qui étaient venus et avaient dit juste vouloir un logis pour passer la nuit et qui ne sont plus repartis et sont devenus nos frères Si je vous emmène comme une amie, vous serez accueillie comme une reine par tout le monde. Alors, on dit oui ?

— Et votre femme ? Comment va-t-elle le prendre ?

— Ne vous en faites pas. Elle est d'une générosité et d'une bonté de cœur sans pareil !

— Ah, en tant que femme, ça fait du bien d'entendre cela. Généralement, les maris ne font que se plaindre de leurs épouses.

— Je serais ingrat si je ne vante pas les mérites de ma femme. Je suis un homme heureux au sens plein du mot ! N'en ai-je pas l'air ? dit Zié en éclatant de rire.

— Oh que si ! Ça saute aux yeux.

— Sans blague, je suis sérieux. Ma femme est un cœur.

— Tant mieux. Est-ce que vous lui faites savoir que vous l'appréciez autant ?

— Oh, oui. Elle le sait. C'est très important. Même quand on dit à un enfant qu'il est bon, il va tout faire pour continuer à l'être. Les hommes qui ne le font pas sont des égoïstes.

Chaata était vraiment heureuse d'entendre Zié parler des qualités de sa femme. Les couples qu'elle connait ne font que se plaindre. Les femmes aussi, d'ailleurs. Souvent elle se posait la question de savoir si ça valait vraiment la peine de se marier. Elle voulut en savoir plus :

— Je suis vraiment impressionnée par vos propos, Monsieur Zié. Avez-vous des enfants ?

— Oui, mon premier doit être un peu plus âgé que vous. Il aura vingt-six ans le mois prochain, précisément le dix-sept. Il s'appelle Momo et vient de rentrer au Mali.

— Mais comment pouvez-vous dire qu'il est plus âgé que moi ! Vous ne connaissez pas mon âge !

— Je vous donne vingt-cinq ans.

— C'est extraordinaire ! Comment avez-vous deviné ?

— Je suis un père, ma fille.

— C'est vrai. Je me sens déjà à l'aise avec vous. C'est le Bon Dieu qui vous envoie. Je ne sais pas comment vous remercier.

— Oh, pas de quoi. Et on peut se tutoyer. Je venais de te dire que Dieu ne ferme pas toutes les portes. Je pense également que le hasard n'existe pas. Qui sait ? Pourquoi Dieu m'a-t-il mis sur ton chemin ?

— C'est vrai, dit Chaata, toute pensive, tellement vrai ! Dieu est si bon !

— Comment ? Vous n'avez aucune idée ! Il est bon et miséricordieux. On doit Lui rendre grâce tous les jours !

Chaata croyait rêver ! Elle qui était toute malheureuse et voila qu'elle tombe sur ce monsieur ! En montant dans l'avion, elle avait pris un livre qu'elle voulut lire pendant le trajet. Elle le rangea. Elle prit sa tête entre les mains. Zié la lorgnait du coin de l'œil. Il voyait qu'elle n'était pas à l'aise. Elle se tourna vers Zié et voulut parler, mais ce dernier l'arrêta net comme s'il avait deviné ce qu'elle allait dire :

— Chaata, sois vraiment à l'aise. Je ne peux ne pas faire cela. Quand j'ai eu mon baccalauréat, je n'avais pas de famille dans la capitale pour continuer mes études supérieures. Mon père a pensé à un ami d'enfance pour m'accueillir. Ce dernier n'a jamais posé de problèmes. Il m'a accueilli à bras ouverts. J'étais chez moi avec tout ce que cela implique. Je ne me suis jamais senti un étranger dans cette famille. Alors, c'est mon tour aujourd'hui de tendre la main à quelqu'un qui en a besoin. C'est cela la vie. On me prendra pour un fou, j'en suis sûr, de faire confiance à une inconnue ! Mais je me laisse guider par mon instinct, ce que mon cœur me dicte de faire. Tu sais, Chaata, la vie n'est pas facile et il n'est pas donné à tout le monde de faire du bien. C'est une chance et Dieu choisit ses hommes. Je puise mon énergie dans l'être humain, car il est ma plus grande richesse. Alors, encore une fois, sois vraiment à l'aise. Tu ne seras vraiment pas déçue. J'ai une famille formidable. Je ne connais pas tes habitudes et tes standards, mais je t'assure qu'ils feront tout pour te mettre à l'aise.

Chaata pleura de plus belle. Zié la laissa faire. Cela fait du bien de pleurer souvent. Ça soulage le cœur. Quand elle se calma, elle dit :

— Merci. Je n'ai pas de mots. Seul le Bon Dieu peut te récompenser

— Pas de quoi. Dis-moi, qu'est-ce que tu fais dans la vie, toi ?

— Je viens de finir mes études. Je suis journaliste de formation. Je n'ai pas encore eu quelque chose de fixe, juste des petits reportages pendant mon stage et quelques articles dans la presse privée, non rémunérés. Je le faisais plutôt pour mon propre plaisir et pour ne pas perdre la main ou rester à la maison à ne rien faire. J'ai publié deux articles célèbres. Le premier, je l'ai écrit sur la prestation d'un groupe d'artistes venus pour le festival de la musique orientale à Alger. J'ai été, d'une certaine manière, le relais entre des jeunes Algériens qui veulent se lancer dans la musique et ce groupe de rappeurs qui a eu beaucoup de succès. Par la suite, je suis devenue amie avec certains d'entre eux, car mon article a permis de vaincre la réticence de leurs parents conservateurs, opposés jusque-là à leur choix de devenir artistes. J'ai insisté sur le fait qu'il n'y a pas de sots métiers et qu'il faut laisser chaque enfant faire valoir son talent et vivre son rêve. J'ai été, en quelque sorte, la porte-parole de ces jeunes, leur voix. C'était une vraie délivrance pour eux. En plus, j'adore la musique. Je passe toute la journée à chanter. Ma grand-mère n'arrêtait pas de me gronder, mais c'est plus fort que moi. À l'école, je chantais lors de nos soirées culturelles. Pourtant je trouve que j'ai une voix horrible, mais mes amis pensent le contraire. Quand j'ai le cœur triste, j'écoute la musique et en dix minutes, j'oublie tout, comme par enchantement !

Zié était tout ouïe.

— Impressionnant ! Mon fils serait enchanté de te connaitre puisqu'il est musicien aussi.

— Ah bon ?

— Oui, je t'en dirai plus, mais j'ai hâte de connaitre

le thème de ton deuxième article.

— Il portait sur la disparition d'un garçon de quatre ans. J'ai beaucoup travaillé avec le Ministère de la Famille. L'article a permis de retrouver ledit garçon. Mais il faudrait reconnaître que la contribution de mes collègues de la presse et de mes nouveaux amis rencontrés au festival a été d'un grand apport. Ils ont donné de petits concerts de sensibilisation. C'était génial ! Cela leur a permis de se faire connaitre ; la population a découvert leur talent. Si tu suis un peu les informations sur la musique, plusieurs de ces jeunes Algériens ont déjà commencé leur carrière musicale. Donc, chacun y a trouvé son compte. C'était un travail risqué. Il fallait beaucoup de tact et d'intelligence pour détruire tout un réseau de malfaiteurs. Mais j'y ai cru et c'était devenu une question d'honneur. Aujourd'hui j'ai une paix intérieure. J'ai reçu pas mal de coups de fil me félicitant, et le Ministre était tellement content qu'il m'a récompensée.

— Waouh ! Je serai curieux de lire ces articles.

— J'ai des copies avec moi. Une fois arrivés à Bamako, je te les ferai lire.

— Avec plaisir. On n'a pas mal de journaux sérieux au Mali. En attendant de retrouver les tiens, tu pourrais en contacter certains même si tu le fais bénévolement au début. Je connais bien Birama Konaré, alias Iba, un jeune homme dynamique, qui anime une chronique dans le journal « les Échos ». Je vous mettrai en contact. C'est vrai que tu ne connais pas le Mali, mais tu verras, tout ira bien et le jour viendra où tu écriras un article ou même un roman sur ta belle histoire. Elle est belle non, après tout.

— Belle et triste à la fois. Belle, car je n'ai manqué de rien. Ma grand-mère me choyait et grâce à elle, j'ai pu faire des études supérieures et obtenir mon diplôme. Elle avait une bonté du cœur et partageait tout. Quand le mari de ma grand-mère se plaignait de ses largesses, elle lui répondait par cette citation de l'écrivain Carlos Ruiz Zafon dans son roman, _Marina_ : « Nul ne mérite de posséder un centime de plus que ce qu'il est prêt à donner à ceux qui en ont davantage besoin que lui. » Bref, adopter l'enfant d'autrui avec autant d'amour est rare de nos jours. Ceci dit, elle est triste aussi, mon histoire, car sans identité, un être n'est rien.

— Tu sais, la vie est une épreuve. Sans cela, on s'ennuie. L'être humain a besoin de problèmes, de défis, d'épreuves pour dynamiser son existence, pour le motiver, le cultiver. Il est important que chaque être vivant accepte ces nuisances, ces épreuves avec beaucoup de philosophie afin de s'efforcer à donner le meilleur de lui-même. C'est tout cela qui met du piment dans la vie. Je prends l'exemple sur vous les journalistes. Quand vous écrivez une histoire, un fait divers, les lecteurs s'arrachent les articles qui parlent des histoires compliquées. Une histoire trop belle, les lecteurs s'ennuieront vite, n'est-ce pas ? Tu en sais plus que moi.

— Je suis d'accord. Revenons à ton fils. Tu dis qu'il est musicien ?

— Oui. Il est au pays depuis seulement un an, mais c'est comme s'il avait toujours été là. Tiens-toi bien : il fait partie du groupe de rap le plus connu du pays, Les Éclairs. L'idée vient de lui. Ces jeunes qui se sont connus il n'y a même pas un an, sont devenus comme des frères. Je suis impressionné par sa force d'adaptation. D'ailleurs, c'est Iba, qui préparant un CD sur la paix au Mali, l'avait invité à se joindre à cette initiative. Tout est parti de là. Depuis, la liste de ses fans n'arrête pas de se s'allonger.

— Waouh ! intéressant. Peut-être que mon premier article au pays sera sur eux.

— Pourquoi pas ? Vous allez vous entendre. Momo est un garçon gentil et respectueux. Je ne le dis pas parce qu'il est mon fils, mais c'est la vérité.

— Cela ne me surprend point. Après tout ce que je viens d'entendre sur toi et ta famille, il ne peut en être autrement.

— En plus de ses activités musicales, il tient également une salle de sports.

— Je fais du karaté aussi. Je suis ceinture marron. Je vois que l'on a beaucoup de points communs : d'abord la musique et maintenant le sport !

— C'est formidable. C'est le seul moyen maintenant de nous maintenir en forme ; le manque de sport nuit à la santé de l'homme. Mais pour Momo, depuis un certain temps, la musique est en train de prendre le dessus. Comme c'est sa passion, je le laisse faire.

— Le rap, c'est du sport. C'est fort, la façon dont ils gesticulent et bougent sur scène. Oh là là ! Quelle énergie ! dit Chaata en riant.

— Dis-le encore. Je parie que dès que vous ferez connaissance, il va t'emmerder avec cela. Ne sois pas surpris s'il venait à t'inviter à leur séance de répétition. Ils sont sur un projet de concert et n'ont plus une minute à eux. On ne voit même plus Momo à la maison.

— Oh, j'en serai enchantée.

Ensuite, ils parlèrent de choses et d'autres jusqu'au moment où on leur servit une collation en vol, puis Chaata s'endormit. Elle était vraiment soulagée. Quant à Zié, il était heureux aussi d'avoir réussi à mettre à l'aise sa compagne de voyage. C'est dans cette atmosphère bon enfant que le Commandant de bord annonça la descente sur Bamako. À sa voix, Chaata sursauta. Elle regarda l'heure. Il était 20 heures. Dans vingt minutes, ils atterriront. Elle regarda vers le hublot. Les lumières de la ville lançaient des éclairs.

— Ça y est, dit Zié, nous voici dans la chère patrie. Bienvenue chez toi, Chaata, sur ta terre natale. Chaata ne daigna pas répondre. Elle se contenta tout simplement de secouer la tête.

Le fils de Zié, Momo, était à l'aéroport pour accueillir son père. Ce dernier lui présenta Chaata qui le salua timidement :

— Bonsoir, je suis Chaata.

— Bonsoir, moi, c'est Mohamed dit Momo. Heureux de faire votre connaissance. J'espère que le voyage n'a pas été trop fatiguant.

— Je ne me plains pas. C'était agréable grâce à votre père

— Ah, ça ! C'est un vrai bavard. On ne s'ennuie point avec lui. Je suis sûr qu'il vous a déjà dit que je fais la musique et qu'il n'apprécie pas.

— Oh non ! Loin de là. Au contraire, il n'a dit que du bien de vous.

— Vraiment ? Bienvenue.

— Merci.

******

Comme Zié l'avait dit, Chaata fut bien accueillie. Elle était heureuse de se retrouver dans cette maison où la joie se lisait sur le visage de chaque pensionnaire. Ils étaient épanouis. Malgré le nombre de personnes qui y vivaient, la maison était très jolie avec un jardin bien entretenu par la Maîtresse de maison, Alice, la femme de Zié. Chaata pensa à sa conversation avec Zié dans l'avion et se dit : « Zié avait vraiment raison. Sa femme est un cœur ». Alice était d'une noblesse si remarquable. Elle était la joie de vivre, la simplicité humble. En vraie Maîtresse de maison, elle avait promis de s'occuper toujours des siens, vivre avec eux, pleurer, rire, chanter, danser avec eux, les entourer d'affections, les aimer pour le bonheur de tout le monde, faire de la maison un espace d'épanouissement et de douceur simplement.

Quant à Zié, il avait ses principes. Tout le monde devait manger ensemble à l'heure du diner. Tolérance zéro pour le retard. Tout le monde mangeait la même chose. C'était le seul moment de la journée où tout le monde se retrouvait, et ces moments étaient empreints de blagues, de taquineries, de discussions sur la politique du pays, des commentaires sur les matches de football aussi bien du continent qu'en dehors. Les jeunes aussi avaient leur compte, car la musique faisait partie de leur vie, surtout que l'ainé, Momo, s'avérait être leur chanteur préféré. Des questions étaient posées également sur les cours à l'école. Celui qui avait eu une bonne note était félicité tandis que celui qui n'en avait pas était privé de sortie ou de jeux. Le chef de famille maîtrisait bien son rôle, aidé dans cette tâche par Alice, sa femme et son premier allié.

Chaata ne pouvait donc pas mieux espérer. En fille bien élevée, elle s'intégra facilement. Elle fut mise à l'aise dans cette famille qui lui promit de l'aider à retrouver les siens. À son tour, elle leur rendait bien la monnaie. Elle avait beaucoup d'humour. Déjà, après deux mois de cohabitation, elle avait réussi à se faire aimer, car elle aidait dans les travaux ménagers et le faisait de bon cœur. On ne pouvait ne pas aimer

Chaata. Il se dégageait d'elle une lumière qui captait tous les regards. Elle avait une telle bonté de cœur, une joie de vivre. Sa gaîté était aussi éblouissante que sa beauté. Une fois qu'on l'avait rencontrée, on ne pouvait plus l'oublier. Sa présence suffisait à rendre son entourage heureux.

Elle ne manquait de rien dans la famille, mais était dès fois triste. Elle s'isolait très souvent pour méditer sur sa vie. Rien, pour le moment, à l'horizon qui put ressembler à un dénouement quant à sa présence au Mali. Dans quelle situation sa grand-mère l'avait-elle mise ? Elle lui en voulait beaucoup pour ce silence sur sa famille. C'est vrai qu'elle n'avait manqué de rien, mais elle ne savait pas qui elle était réellement. Était-elle une enfant volée ? Vendue ? Adoptée ? Elle n'en savait rien. Sa grand-mère avait toujours promis le voyage au Mali pour qu'elle connaisse ses origines. Mais à chaque fois, un évènement inattendu les en avait empêchées.

Celle-ci avait peut-être peur qu'elle ne prenne la révélation d'un mensonge comme une trahison, dure à avaler. Si tel était le cas, elle allait se sentir mal, mais c'était mieux, car elle n'en serait pas là aujourd'hui avec la tête pleine de doutes, à habiter chez des personnes avec qui elle n'avait aucun lien de parenté. Les souvenirs de sa grand-mère ressemblent à des films. Il y a une scène qu'elle n'oubliera jamais et qui lui revient toujours. Toutes les deux étaient dans le jardin. Chaata assise à côté de Dabel qui tricotait. Soudain, elle prit

Chaata dans ses bras qui remarqua qu'elle avait des larmes. Chaata ferma les yeux et pensa que cet instant
précis était le moment propice pour poser la question
qui lui taraudait l'esprit depuis longtemps : qui sont-
elles ? D'où viennent-elles ? À cette question, le visage
de sa grand-mère changea. Elle se crispa. Chaata sentait le battement de son cœur. Elle revoit encore les
yeux de Dabel rougir. Sa façon de relever le menton, de
secouer la tête et de la regarder d'un air méchant pour
lui faire comprendre sa bêtise en disait long. Dans ces
moments, elle avait une attitude, une expression qui,
souvent, fait dire à Chaata qu'elle ne l'a jamais aimée
comme elle le pensait. Cette attitude froide glaçait le
sang de Chaata qui, prenant peur du coup, se refoule
au fond de son âme sa question malvenue.

Ces pensées qui la tenaillaient se manifestaient de
plus en plus souvent, comme ce soir de décembre. Il
était 23 heures. Elle n'arrivait pas à trouver le sommeil.
Elle descendit prendre un verre de lait dans la cuisine.
La nuit était douce et heureuse. Elle était rayonnan-
te dans sa chemise de nuit blanche, transparente, qui
mettait en valeur une forme bien dessinée que l'on appelait « Coca cola shape » , « équipement », « bureau
politique », « certificat de respect », en un mot toutes ces appelations que la nouvelle génération donne
aux filles avec un joli physique. D'ailleurs, elle avait
une façon particulière de nouer son pagne que les gens
considéraient comme une provocation.

Elle était à ses réflexions quand elle entendit des pas qui s'approchaient. Elle retint son souffle. Elle sentit une respiration précipitée et un regard insistant dans son dos, celui de Momo, à moins d'un mètre d'elle. Elle reconnaissait bien cette odeur, ce parfum « Dune de Dior ». Elle eut la chair de poule et son cœur se mit à battre à un rythme anormal. Elle ferma les yeux, respira fort. Son sang se figea. Elle se tourna et fixa Momo de ses gros yeux qui donnaient l'impression d'être toujours mouillés et qui illuminaient son beau visage. Momo, de son côté admirait Chaata qui se dressait devant lui, belle, grande, au moins un mètre soixante-quinze, taille que peu de femmes maliennes atteignaient. Ce corps, svelte, élancé, ce teint d'un éclat pur, ce visage sans maquillage donnèrent à Momo des frissons qui traversèrent tout son corps. Il avança vers elle. Il la prit dans ses bras et sentit une poitrine provocante, des seins bien fermes, preuve qu'elle n'avait pas encore gouté aux plaisirs du sexe. Momo posa ses doigts sur ses belles lèvres charnues. Sous le coup du plaisir, elle ouvrit légèrement la bouche, laissant voir des dents d'une blancheur inouïe avec une *alassira*[30]. Les doigts de Momo remontèrent vers ses sourcils bien faits qu'elle n'avait pas besoin de redessiner avec un crayon. Les caresses continuèrent vers ses fossettes qui lui donnaient un charme fou.

---

30. Petite fente entre les gencives.

Arrivé à son cou qui avait des *mèrètin*[31], Momo les
lécha. Il enfouit son visage dans la chevelure abon-
dante de Chaata qu'elle avait tirée en arrière, dégageant
ainsi son joli visage ovale. Il releva la tête de Chaata
qui avait du mal à soutenir son regard. Que lui voulait-
elle ? Elle n'arrivait plus à se détourner du regard bru-
lant et fixe de Momo. Elle avait envie de s'y noyer. Mais
que lui arrivait-elle ? Elle sourit. Un sourire rare, celui
d'une femme tombée amoureuse, subitement. Est-ce
cela le coup de foudre ? Le fameux coup de foudre ?
Elle voulut partir. Momo la retint par la taille. Elle ne
le repoussa pas. Au contraire, elle se blottit contre lui,
comme pour dire : « Enfin, je n'attendais que ce moment ». Il continuait à l'embrasser tendrement. Chaata
tremblait et n'avait jamais eu une telle sensation de sa
vie. Elle était absorbée par ses études et n'avait pas eu
de temps pour une relation amoureuse. À vingt-cinq
ans, elle était encore vierge. Ils restèrent ainsi et ne
dirent mot. Chacun cherchait à comprendre. C'est
donc ça l'amour ? Devraient-ils se demander. Chaata
voulut parler…

— Oh Momo !...

— Chut… Ne dis pas un mot. J'ai tout compris. Tu
m'aimes aussi ? Dis-moi, n'est-ce pas ? Mais pourquoi
tu ne m'as rien dit ?

— J'avais peur.

— De qui et de quoi ? Papa ? Maman ? Ils t'appré-

---

31. Plis sur le cou.

cient beaucoup. Ils n'y verront pas d'inconvénients. Je m'en occupe.

— Non, j'avais peur de savoir que tu ne ressentes rien pour moi, que tu me prennes pour une prétentieuse ou une fille facile.

— Depuis le premier jour que je t'ai vue, mon cœur n'a cessé de battre.

— Mais je souhaiterais vraiment que l'on soit discret. Je ne voudrais pas abuser de la gentillesse de tes parents. Ils ont été si formidables en m'accueillant chez eux. Je ne veux rien faire qui puisse leur faire mal.

— Tu parles ! Qui te dit qu'ils ne sont pas au courant de mes sentiments pour toi ? Ils n'ignorent rien. Ils étaient surpris de me voir calme et silencieux. Ils ont tout de suite compris que je vis quelque chose de spécial. Ce n'était rien d'autre Chaata, que mon amour pour toi. Je ne savais pas comment te le faire savoir. C'est eux-mêmes qui m'ont encouragé. Tu ne connais pas mes parents. Ils sont tellement ouverts, surtout Papa. Je discute de tout avec lui. C'est peut-être le fait qu'il est !? resté très longtemps en Europe. C'est comme s'il voudrait rattraper le temps perdu. D'ailleurs, il se moque toujours de moi parce que d'après lui, je ne suis toujours pas parvenu à séduire une fille ; il voudrait que je sois comme lui, car il a brisé le cœur de tellement de filles. Et Maman me dit de ne pas croire un seul mot de ce qu'il dit. Que c'était un garçon timide et qu'aucune fille ne voulait de lui, car il avait une grosse tête et un nez épaté comme tous les Miniankan. Elle dit cela parce qu'elle est Senoufo et ils sont des cousins à plaisanterie. Ce sont des parents formidables.

— Oui, je l'ai su depuis le premier jour où j'ai franchi le seuil de ce domicile. Ton père apprécie bien sa femme. Il a raison. C'est une grande femme.

— Oui, Chaata. Elle n'est pas ma mère biologique, mais c'est comme si c'est elle qui m'a mis au monde.

— Et ta vraie mère ?

— Elle est à Paris. On s'appelle très souvent et elle a gardé de bons rapports avec Papa et Maman Alice. C'est d'ailleurs Maman Alice qui a tout fait pour que je vienne vivre auprès de mon père, car, selon elle, je suis leur ainé. Je pense qu'elle a bien fait. J'adore mes frères et c'est réciproque.

— Oui, je suis convaincue de cela, surtout la petite Nanguiniré. Elle ne te quitte jamais.

— C'est ma princesse.

— Et moi ta reine.

— Oui bien sûr, répondit-il en posant ses lèvres sur les siennes et en lui prenant les mains.

— Chaata, murmura-t-il, aimer ne doit faire mal à personne. Maintenant que je sais que tu m'aimes aussi, le reste est facile à gérer. Je veux crier notre amour à qui veut l'entendre. Chaata, c'est beau ce qui nous arrive. Le monde entier doit savoir. Ma chérie, il n'y a qu'un devoir, c'est celui d'être heureux et il n'y a qu'une vertu, c'est la justice. Si on s'aime, alors ce que l'on fait est juste.

Il la fit asseoir, prit son beau visage entre ses mains et l'admira. Il voulait soutenir ce regard, le retenir, appeler le désir, la faire frissonner de plaisir.

— Comme tu es jolie ! Regarde-moi bien dans les yeux. Je te promets de te rendre heureuse.

Elle posa sa tête sur ses épaules et ils restèrent ainsi pendant ce qui sembla une éternité. Momo brisa le silence :

— Tu sais, j'ai essayé plusieurs fois de te faire savoir mon amour, mais tu étais si distante, si indifférente. J'étais si mélancolique que j'étais inspiré, et chaque soir avant de m'endormir je t'écrivais un poème.

— Vraiment ? Tu blagues !

— Si tu ne me crois pas, allons dans ma chambre. Je te montre les poèmes que j'ai écrits.

Elle était assise sur le lit et Momo, agenouillé à ses côtés, la regardait lire les poèmes, un à un. Quand elle eut fini, elle se mit à pleurer de joie.

— Viens. Je te veux serrée contre moi, collée, soudée, bétonnée, cimentée. Comme dit Decottey, le comédien ivoirien.

Elle se jeta sur sa poitrine. Momo la serra fort comme s'il avait peur qu'elle ne s'échappât. Elle lui enleva sa chemise et se mit à le caresser. Momo sentit ses mains comme une décharge électrique. Il allait s'évanouir. Il gémissait de plaisir. À son tour, il lui enleva ses habits et se mit à contempler ce beau physique. Il admira les perles multicolores attachées à la taille de Chaata et qui faisaient ressortir davantage toute la splendeur de sa peau. Momo était comme paralysé. Ses nerfs se crispèrent en voyant la continuité des poils du pubis qui remontaient vers le nombril. Tout son corps frémissait. Bientôt, dans cette chambre contigüe à celle des parents, ce ne fut que langoureux gémissements. Chaata se leva, lui prit la main.

— On aura tout le temps. Rien ne presse. Parle-moi de toi, dit-elle d'une voix émue.

— Je suis d'accord. Je sens que tu n'es pas prête. Je respecte ton choix. On doit apprendre à nous connaitre d'abord. Je m'appelle Momo, je suis tombé amoureux d'une jolie fille…

— Je suis sérieuse. Je veux te connaitre, ce que tu aimes, ce que tu n'aimes pas

— Tu auras le temps de me connaitre. Je ne te cacherai rien. En attendant, nous donnons un concert samedi prochain à l'espace culturel « Les Délices ». Je t'y invite. Dis-moi que tu y seras.

— La famille y sera-t-elle ?

— Oui. Mais te savoir dans la salle sera ma source d'inspiration. Tu promets ?

— Oui. Pour rien au monde, je ne raterai ce concert, dit-elle en lui donnant une bise.

C'est seulement vers 4 heures du matin que Chaata

retourna dans sa chambre sur la pointe des pieds, en silence, pour ne pas éveiller les soupçons de la famille. Son cœur était à jamais pris et débordait d'amour. Mais avant de s'en aller, elle demanda à Momo de lui donner une de ses photos. Momo s'exécuta.

— Je vais la mettre sous mon oreiller, dit-elle. À son tour, elle lui remit ses perles.

— Contente-toi de ça pour le moment

— Tu vas me tuer, toi. Je vais l'attacher à mon cou.

— Tu es malade ? C'est pour la taille et non le cou !

Ils en rirent de bon cœur. Ils étaient heureux.

*****

Les jours qui suivirent, Momo fut très pris par l'organisation du grand concert que lui et son groupe s'apprêtaient à donner pour commémorer la journée de la jeunesse dont son père était le parrain. Un concert que toute la ville attendait avec impatience et engouement. La ferveur illuminait les rues. Les affiches pullulaient de partout, du plus petit coin aux places publiques. Le groupe « *les Éclairs* » passa même aux émissions « *Génération 21* » et « *Jouvence* » de la télévision nationale, ORTM (Office des Radios et Télévision du Mali). Ils passèrent dans les établissements scolaires pour faire la publicité. La veille du concert, on pouvait voir des animateurs dans des pick-up – avec des baffles et des haut-parleurs – jouer, la musique à fond, le morceau phare tiré du dernier volume du groupe, « *Et si c'était à refaire !* ». La foule courait derrière le pick-up avec des acclamations. À chaque passage, les gens sortaient de leur domicile pour leur témoigner leur soutien. Les enfants essayaient de rattraper le véhicule. En récompense, les animateurs leur jetaient des bonbons, des chewing-gums, des paquets de biscuits, etc. En un mot, la ville bougeait. « *Suu min bè diya, obè don ka bini fitiri* »[32]. Tous les billets furent vendus quarante-huit heures à l'avance. Le jour J, la foule prit d'assaut l'espace culturel « les Délices » dès 15 heures. Dans la famille de Momo, on s'adonnait à des séances de beauté. Ils devaient être à la hauteur. C'était le remue-ménage. Chacun voulait être le plus beau. C'était l'excitation. Pour l'occasion, Chaata, qui était à sa première sortie depuis son arrivée sur le sol malien, rentrait dans la danse également. La petite sœur de Momo, Nanguiniré, l'accompagna au salon de coiffure « Peigne d'Or ». Elle se prêta à des séances de manucure et de pédicure. Elle fit un maquillage léger. On lui fit une coiffure relevée qui faisait bien ressortir l'éclat de son visage. Elle choisit une robe de soirée mauve avec des bijoux assortis à ses chaussures et à son sac à main. La robe mettait en valeur sa sveltesse. Le résultat était excellent. On n'arrêtait pas de lui faire des compliments. Comme elle était belle !

---

32. Une nuit qui va être agréable se sait depuis le crépuscule.

Zié et sa famille arrivèrent au « les Délices » vers 19 heures. Déjà, il y avait une longue file d'attente. Les gens se bousculaient. Les policiers étaient au four et au moulin pour faire régner l'ordre. Les vendeurs ambulants étaient aussi de la fête. Il y avait de tout, des vendeurs de Kleenex, de bonbons, de chewing-gums, de fruits, d'eau, de jus, etc. Zié, en tant que parrain de la soirée, et sa famille faisaient partie des premiers spectateurs. Ils avaient eu le privilège d'être au premier rang. Ainsi ils pourraient mieux savourer le concert qui, prévu pour 20 heures, ne commença que vers 22 heures.

Les instrumentistes étaient déjà en place. On n'attendait que le chanteur principal, Momo.

À sa sortie, la foule cria et l'acclama. Il salua et demanda pardon au public, car il avait un message à livrer avant de commencer le spectacle, qui promit-il, serait l'un des plus mémorables de l'histoire du Mali. La guitare grinça cinq bonnes minutes. Momo s'avança au milieu du public qui le tirait de partout, car tout le monde voulait le toucher. Soudain il s'arrêta au niveau de Chaata et sans se soucier de la présence de ses parents dans la salle, du public qui devint silencieux, au point que l'on pouvait entendre une mouche voler, il cria : « Mes amis, croyez-vous à l'amour ? »

Et à la foule de hurler : Ouiiii !

— Vous êtes formidables. Faites donc beaucoup de bruit. Mes amis, ce soir c'est la nuit de l'amour. Alors, je vais vous faire une confidence. Je suis un homme amoureux aujourd'hui. Alors, j'implore votre indulgence. Accordez-moi juste cinq minutes. Permettez-moi de dédier ce morceau à la femme que j'aime. C'est mon premier amour. Elle est dans la salle et je sais qu'elle va se reconnaître. Si vous aimez aussi, laissez-vous emporter par la passion et n'ayez peur de rien. Laissez-vous emporter par la passion, car il ne faudrait pas vivre les paupières mi-closes. Comme le dit le très grand poète de la renaissance, Pierre de Ronsard : « Donc, si vous me croyez, mignonne, Tandis que votre âge fleuronne, En sa plus verte nouveauté, Cueillez, cueillez votre jeunesse, Comme à cette fleur la vieillesse Fera ternir votre beauté. » *Cueillez, cueillez donc votre jeunesse, car une telle fleur ne dure que du matin au soir…*! Mes amis, l'amour c'est le plus beau, le plus fort de tous les sentiments. Qui dit amour dit tolérance, dit pardon, dit respect. Il ne connait pas de frontière. Il se moque de la religion, de la condition sociale, de la couleur de la peau. Il efface les frustrations et unit les cœurs. Alors, soyons unis à jamais ! Ceci dit, si vous aimez, gardez espoir, car l'amour peut tout. Alors, que ceux qui croient en l'amour se lèvent et fassent du bruit et beaucoup de bruit.

La foule était en extase, mais curieuse de connaitre l'élue du beau, élégant et talentueux Momo. Ça criait. Momo, passa sa main dans ses cheveux et dégagea son front large ; laissant une mèche rebelle tomber sur ses cils. Il retint son souffle, d'un pas majestueux, avança vers Chaata, le micro dans la main, s'agenouilla devant elle. Il la fixa avec une telle intensité qu'on eut le sentiment qu'il allait se saisir de sa bouche et l'embrasser là devant tout le monde. Il l'invita à se lever. Bien que, sous l'emprise de l'émotion, ses jambes tremblassent, elle s'exécuta. Il la tint par le bras comme s'il ne voulait pas qu'elle lui échappât. Elle ferma les yeux pour se réveiller d'un long rêve. Mais non, c'était réel. Momo était bien devant elle. La salle était devenue si silencieuse qu'on pouvait entendre une mouche voler. D'une voix sensuelle où perçait l'émotion, Momo enchaina :

De moins en moins je vois la fin de mon voyage solitaire
Dans ce sahel d'amour où tout n'est que mirages !
Plus je m'approche, plus l'amour s'enfuit
La nuit, quand il me semble atteindre une oasis pour un répit
Le matin, au réveil les bas instincts m'assaillent.....
La marche est encore longue, mais l'amour attend, il est certain ;
Le verrai-je un jour, le toucherai-je un jour ;
Sera-t-il aussi vigoureux contre le joug du temps ?
Ce temps que nul ne peut défier,
Ce temps invincible qui teste tout ce qui anime l'être
Amour, laisse-moi enfin m'abreuver à ta source,
  Et m'implanter en ton sein pour l'éternité
  Mon éternité !

La guitare frémit, le piano tressaillit, les trompettes ronronnèrent, la salle tremblait déjà sous les pas de danse, le tout accompagné par la cora et les spectateurs séduits. Il y avait une grande émotion dans la salle. Chaata était impressionnée. Momo la prenait maintenant par les bras. Il l'enlaça. Elle tremblait sous l'effet de l'émotion. Elle était sans voix. De grosses larmes coulaient sur ses joues. La foule criait « Bisous ! Bisous ! »

À la grande surprise du public, Chaata monta sur la scène, prit le micro des mains de Momo qui lui murmura à l'oreille « Que tu es belle et comme je t'aime ! ». Elle était si émue que dans un premier temps, elle avait du mal à émettre un son. Elle dit bonsoir au public d'une voix timide. Le regard de Momo, si doux, fut pour elle le déclic. Alors sa voix, peu rassurée au début à cause de l'émotion, alla en se raffermissant. Sûre d'elle avec Momo à ses côtés, avec une beauté et d'une délicatesse intenses, elle se mit à chanter, elle aussi, d'une voix suave :

L'amour était au Rendez-vous
Me croyez-vous ?
C'était prédit
C'était écrit
Je suis faite pour lui
J'en déduis
Mon cœur rit

Mon âme sourit

Je vole sur un nuage

Et je nage dans les mirages

Nulle ne saurait prendre mon cœur

Qui déborde de douceur

Il est à Momo

Mon Momo

Il est le seul et le premier

Il est le dernier

Je voudrais voler

Survoler

Parcourir le monde entier

Volontiers

Crier mon amour

Sans détour

Simplement

Amoureusement

Ayayaye !

Ayayaye !

Mon cœur va exploser d'amour

Musiciens, battez, battez donc le tambour

Oh ! Je m'évanouis d'amour

Chantez avec nous

Bénissez-nous !

Ayayaye ! Ayayaye !

« Ayayeye, ayayaye ! » Chantait toute la salle en refrain.

La fraicheur et la grâce de Chaata coupèrent le souffle à la foule qui était subjuguée par tant d'éloquence et par une telle audace de la part de deux amoureux qui, de surcroît, savaient que les parents de Momo étaient présents dans la salle. L'étonnement était à son comble. Ah amour, quand tu nous tiens ! C'était tout simplement génial ! Les lumières crépitaient. Toute la salle dansait avec eux. C'était fabuleux. C'était fou. Comme l'amour peut donner des ailes !

*****

Le concert fut un succès énorme. Les commentaires étaient sur toutes les lèvres. De retour à la maison, Chaata se réfugia dans sa chambre. Il était presque 4 heures du matin. Le soleil n'allait pas tarder à se lever. Elle regarda vers la fenêtre où la lune et quelques étoiles brillaient toujours. L'air était si doux qu'elle décida d'ouvrir grand sa fenêtre qui donnait sur le jardin dont les fleurs exhalaient un parfum envoûtant. Elle voulait partager son bonheur avec les fleurs, la lune et les étoiles. Elle ne voulait pas dormir. Elle voudrait repasser le film de la soirée, s'arrêter sur chaque instant. Elle pensa au regard de Momo. Un de ces regards qui en disent long et dont il est impossible de se détacher, qui vous suivent, vous accompagnent, même une fois disparus. Des larmes commencèrent à lui inonder les yeux. Quel bonheur ! Elle était comme sur un nuage. Elle était aux anges ! Elle promit d'aimer Momo. « Avec lui, je me sens aimée. Mon cœur ne bat que pour lui. Je lui réserve la surprise. Il ne sait pas encore que je suis vierge. D'ailleurs, j'irai l'attendre dans sa chambre et je me donnerai à lui, corps et âme. Il sera surpris et aux anges de savoir qu'il est le premier. C'est la première fois que je me sens vraiment heureuse. Certes ma grand-mère me couvait, mais c'était différent de ce que je vis aujourd'hui. Momo a crié son amour devant tout le monde. La balle est dans mon camp maintenant. À moi de tout faire pour cultiver chaque jour un peu plus des qualités, uniquement pour lui plaire davantage. Il a du succès et ma tâche ne sera pas facile, je le sais, mais je me battrai. C'est mon homme. Il est à moi. Aucune fille ne pourra me le prendre. Je persiste et je signe ! »

Ce n'est pas seulement la beauté physique de Momo qui séduisit Chaata, loin de là. Il avait de la classe, de l'élégance. Mais au-delà de ces aspects, quelque chose d'autre l'intriguait, la fascinait, l'attirait vers lui. Était-ce sa timidité ? Son introversion ? Son sens élevé de l'écoute ? Il se montrait si compréhensif et attentif. Chaata était heureuse d'avoir quelqu'un comme lui, à qui elle pouvait se confier librement, sans gêne. Ce n'était pas le cas avant. Sa grand-mère l'avait entourée de mystère, de peur qu'elle ne découvre un mensonge qui aurait pu bouleverser sa vie. Elle n'avait pas beaucoup de fréquentations. Quand Chaata se plaignait, elle argumentait que c'était pour mieux la protéger. Mais de quoi ? se demandait-elle. Elle ne le savait pas. Ce qui était sûr, maintenant, c'est qu'elle aimait Momo de tout son être. Il était intelligent, réfléchi et avait une ouverture d'esprit hors du commun. Avec lui, elle pouvait parler de tout ce qui pouvait aller au-delà des subtilités, des commérages de la société. En plus, Momo avait promis de l'aider dans la recherche de son identité.

Momo savait qu'il l'aimait déjà. Depuis leur première rencontre à l'aéroport, quelques jours auparavant. Cette inconnue l'avait troublé par la classe qui se dégageait d'elle, sa démarche, son allure et le tout couronné par ce sourire si séduisant ! Il avait succombé à son charme et pensait à elle, nuit et jour. Chaata est différente des autres. Elle n'avait rien à avoir avec ces filles avec qui il avait flirté aussi bien à Paris, qu'ailleurs. Pour lui, ces dernières n'étaient que de simples passe-temps, des joies éphémères, des décors comme des meubles d'une salle de séjour. Un mois déjà, il s'en lassait. Avec Chaata, ça n'avait pas été le cas.

Avant Momo, Chaata avait eu quelques flirts à Alger, mais rien de sérieux, du moins pour elle. Sa grand-mère la voulait mariée à un diplomate et ne ratait pas d'occasions pour la présenter aux ambassadeurs et aux ministres en mission. Le dernier avait été un ambassadeur qui s'était montré irrespectueux à son égard en la voulant dans son lit dès la première rencontre. Il n'avait qu'un seul mot à la bouche : le sexe, toujours le sexe et rien que le sexe. Un vrai pervers. Et dire qu'en tant que diplomate, il devait porter haut les valeurs du Mali partout où il allait. Non, Chaata n'en voulait pas. Elle n'était pas prête. Elle était encore vierge et seule la personne qu'elle aimerait serait le premier. Elle rêvait d'un grand amour, d'une grande passion. Et voilà qu'elle avait eu raison d'avoir gardé cette virginité. Momo ne le savait pas encore et serait heureux d'apprendre qu'il allait être le premier. Pour elle, Momo était l'unique, le seul, le tout !

Elle se posta à la fenêtre pour guetter l'arrivée de Momo. Trente minutes plus tard, Momo ouvrit le grand portail et entra dans la cour. Chaata courut dans la chambre de Momo, se jeta sur son lit, prête à l'attendre. Momo fut heureux de la trouver là. Après une nuit interminable faite d'émotions, il était content de la retrouver dans sa chambre. Le plaisir continuait. Il voudrait profiter de cet instant de bonheur, dormir dans ses bras, sentir l'odeur de son corps et ne plus se réveiller. Le reste de la nuit était à eux. Elle lui sauta donc au cou. « Veux-tu une séance de massage ce soir, murmura Chaata ? »

— Tiens ! tiens ! lui répondit Momo, il faudrait plutôt dire ce matin puisqu'il est plus de 4 heures du matin. Quelle belle surprise ! Je te croyais déjà couchée.

— Tu parles ? J'attendais mon prince charmant.

— Il est devant toi et il est tout à toi. Fais de lui ce que tu veux.

— Momo, comme je suis heureuse ! Merci pour tout. C'était génial. Quel talent ! Félicitations !

— Tu m'as surpris aussi. Je ne savais pas que tu chantais aussi bien.

— L'amour donne des ailes ! Allez couche-toi. Tu dois être fatigué après un tel concert.

— Me coucher ? Tu parles ! Je n'ai pas sommeil. Par contre, j'ai très soif.

— Laisse-moi t'apporter un verre d'eau.

— Non, tu n'as rien compris, j'ai soif de toi.

— Alors, viens dans mes bras.

Il se mit à côté d'elle. Ils murmuraient. Le vent soufflait et emportait leurs messages d'amour au ciel qui s'était penché pour écouter et être témoin de cet amour. Momo, de ses mains tremblantes, la déshabilla tout en la fixant droit dans les yeux. Son regard était plein de plaisir. Elle fixait à son tour Momo pour mieux lui montrer qu'elle était consentante, prête à se donner corps et âme. Chaata remit une pommade « Avon » à Momo. Il enduisit doucement tout son corps. Sa main droite lui caressait tout le corps du bout des doigts, tandis que la gauche se promenait tout doucement entre ses jambes. Il en admirait tout le contour. Il fut charmé. Un puissant tressaillement les parcourut tous les deux. Le sang galopait dans leurs veines. Les vagues montaient de plus en plus haut. Ils haletaient, leurs cœurs battaient fort. Un instant, Momo s'arrêta, regarda Chaata dans les yeux et, fou de désir, prit ses seins fermes. Le plaisir les envahissait par saccade. Ils frémissaient de plaisir. Chaata parlait. Des paroles inaudibles. Jamais elle n'avait été aussi sauvagement secouée par le plaisir. Maître de la situation, Momo la fit coucher sur son dos. Elle se laissa glisser. Ses cuisses s'ouvrirent lentement et elle reçut Momo. La chambre tremblait sous leur respiration cadencée. Leur haleine se dessinait dans l'air. Momo était aux anges ! Il avait été le premier. Quand il se retira, il l'enlaça de ses bras. Il voulait la retenir. Il resta collé à elle comme s'il avait peur de la perdre ou de se réveiller d'un rêve.

— Mon amour, j'espère que je ne t'ai pas fait trop mal. La première fois est toujours difficile.

Comme réponse, les larmes coulèrent sur les joues de Chaata. Momo les essuya tendrement. Un sentiment fort, puissant, le submergea. Il n'avait jamais été aussi heureux de la vie. Plus rien ne le séparera de sa dulcinée. De toutes les façons, s'était dit Chaata aussi, il fallait commencer un jour. Pour elle, leur vie venait d'être scellée. Un pacte venait de les souder pour toujours. Chaata ne regrettait rien.

Le lendemain, il y avait un air de félicité qui éclairait son visage. Les signes ne trompent pas. Elle avait passé une nuit pleine d'amour. Mais chaque grande passion a ses soucis. Chaata avait raison de se faire du souci. Toutes les filles du quartier voulaient sortir avec Momo. Les jours passaient et elle devenait de plus en plus amoureuse. Elle guettait ses moindres faits et gestes en attendant de le voir apparaitre de nulle part pour égayer sa journée que la hantise de retrouver les siens rendait souvent triste.

Après l'acte ignoble de sa grand-mère qu'elle considérait comme une trahison malgré l'amour qu'elle lui portait, elle hésitait à entamer toute relation. Avant de connaitre Momo, elle tremblait déjà à l'idée de se donner dans une relation passionnelle qu'elle n'était pas encore sûre de maîtriser. Maintenant qu'elle était amoureuse, elle avait peur du futur. Qu'allait-il lui arriver ? Elle sait très bien que les parents de Momo vont les laisser vivre leur amour, car ils n'avaient rien dit le jour du concert. Maman Alice l'avait serrée même dans ses bras juste après la prestation de Momo. Elle pensa même avoir vu une larme couler sur sa joue. Cela voudrait dire qu'elle acceptait leur liaison, et Zié aussi. Il n'avait rien dit du tout. Il était resté calme tout le long du concert et n'avait pas placé un mot sur le chemin du retour. Mais à la fin du concert, il lui avait demandé si elle voulait retourner avec Momo à la maison ou avec eux. Cela voulait dire ce que ça voulait dire. Elle a peur que la passion de Momo ne soit passagère et qu'il se lasse bientôt d'elle. Elle aurait bien voulu retourner avec Momo, mais avait finalement répondu que ce dernier et ses amis n'étaient pas encore prêts, puisqu'ils devaient d'abord débarrasser la scène. Il se faisait déjà tard et elle voudrait bien rentrer sous ses couvertures pour mieux digérer la grande émotion qu'elle venait de vivre. « Je suis encore si fragile, se disait-elle. L'Algérie, ma grand-mère, Momo, l'inconnu ? Tout est encore si flou ! Tout n'est pas encore gagné ».

Elle demandait de moins en moins des nouvelles des recherches sur sa famille qu'elle était venue chercher, non pas parce qu'elle ne s'en souciait plus, mais parce qu'elle ne voulait pas mettre la pression sur Zié. Il avait promis de s'en occuper. Elle était sûre qu'il le ferait. C'est un homme de parole. Elle devrait donc être patiente. L'amour de Momo l'aiderait à moins y penser. Mais de temps en temps, elle ne pouvait pas s'empêcher d'être anxieuse.

Ce sentiment ne l'empêcha pas de vivre son amour avec Momo. Les tourtereaux n'avaient plus besoin de cacher leurs sentiments. Mais pour mieux vivre leur passion loin des regards indiscrets, ils se donnaient souvent rendez-vous au Parc National. C'était leur jardin secret. Ces moments étaient passionnés. Ils se parlaient des heures entières, se faisaient des confidences. Ils se comprenaient. Ils étaient également attirés par la joie qu'ils ressentaient en étant ensemble. Le respect qu'ils avaient l'un pour l'autre avait aussi contribué à mieux construire leur relation. La vie était belle ! Tout allait bien, surtout que Zié venait de l'informer de la suite de la recherche de ses parents. Il était sur une piste. Une joie venait donc de s'ajouter à une autre, mais pas pour longtemps.

*****

Chaata le sentait. C'était trop beau pour être vrai. Ses inquiétudes s'avérèrent fondées le jour où son chemin croisa celui du redoutable Chakani. Depuis ce jour où ce dernier l'avait vue, il n'avait pas arrêté de penser à elle, et ne voyait pas cette relation entre Momo et Chaata d'un bon œil. Une si belle fille comme Chaata, Chakani la voulait pour lui et lui seul ! Et voilà que ce métèque voulait la lui ravir. « Ça ne se passera pas comme ça ! s'était-il juré ». Il en était donc devenu jaloux. Cette jalousie le rongeait. Il ne se passait pas un jour sans qu'il n'en parle. Il n'en dormait plus. Il cherchait une stratégie pour neutraliser le garçon, le détruire. C'était son objectif. Les idées se bousculaient dans sa tête. Il s'était renseigné sur les faits et gestes de Momo pour savoir quand et où frapper. Il avait pris l'habitude d'aller attendre Momo dans les coins de rue, le provoquait, mais le garçon ne se prêtait pas à son jeu. Il était indifférent à Chakani. Il ne l'intéressait pas. Seul l'amour de Chaata comptait. Cette indifférence finit par énerver Chakani. À bout de nerfs, Chakani convoqua une réunion avec sa bande.

— Voilà, mes amis, vous êtes des incapables. Comment cet enfoiré de Momo peut-il venir se moquer de nous sur notre territoire ? Et vous, vous êtes là à ne rien faire ! Il a osé, mais vous, vous l'avez laissé faire. En plus, je n'aime pas trop cet air fier qu'il affiche. S'il se croit beau, je vais lui changer le portrait, et ce, très bientôt.

— Nous l'avons laissé faire, rectifia Sam, puisque tu en fais partie aussi. En plus, sois raisonnable et laisse ce garçon tranquille, Chakani. Il est si gentil, si respectueux et si beau !

Une gifle partit de Chakani. Le coup claqua provoquant un silence lourd et pesant. Sam caressa sa tempe et se recroquevilla sous la douleur. Sa bouche saignait. Personne ne dit mot. Qui pouvait oser ?

— Je me fiche éperdument de sa gentillesse et de son respect. Il peut aller se faire foutre ! C'est un *bilakoro*[33]. Ah, je comprends, Sam, peut-être qu'il est gay. Est-il ton petit ami ? Avoue-le ! Pédé que tu es ! Combien de fois t'a-t-il baisé ?

Sam avait eu tort de vouloir le raisonner. Il avait oublié que la raison et la morale se trouvent très souvent en parfaite opposition, surtout quand il s'agissait des désirs de Monsieur Chakani. Ce dernier n'avait pas encore fini de vociférer que voilà Chaata. Elle revenait d'une course. Arrivée au niveau du clan, elle ne les regarda même pas et continua tout bonnement son chemin, comme si elle voulait narguer Chakani. Ce dernier la héla :

---

33. Un non circoncis.

— Salut, beauté ! Je pense que cela ne coûte rien de dire bonjour.

— Tu as raison, répondit Chaata, sauf que je n'en ai pas envie. Et ça, à ce que je sache, c'est mon droit aussi. N'est-ce pas ?

— Ah bon ! Mademoiselle fait l'orgueilleuse ?

— Chaka ou Chakani, reprit Chaata, ta liberté s'arrête là où celle des autres commence.

— Soit, ma demoiselle. J'ai tort de fâcher une telle beauté. Tu dois être un volcan au bord de l'éruption, dit Chakani en passant sa langue sur les lèvres.

— Eh oui avec une libido comme une chienne en chaleur et Dieu merci, grâce à lui, la providence a doté Momo d'une fougue et d'une virilité à hauteur de souhait pour combler la chienne en chaleur que je suis.

— En voilà des gros mots ! Tu ne perds rien pour attendre, toi !

— Laisse-moi te dire quelque chose, Chakani : tu ne m'intéresses pas.

— Contrôle bien ton langage sinon…

— Sinon quoi ?

— Tu vas le regretter, ma chère.

— Vraiment ? Laisse-moi rire ! D'accord, je prends bonne note. On va voir qui de nous deux va regretter. J'ai entendu parler de toi, Chakani, renchérit-elle d'un ton amer, en s'approchant du groupe et en fixant bien Chakani d'un regard menaçant. Son ton était tellement grave, solennel qu'elle imposa le silence. Sûre d'elle,

elle s'avança, défit son pagne, le renoua si bien et avec une telle rage qu'on avait l'impression qu'elle allait se jeter sur Chakani et le déchiqueter en morceaux. Ce n'était pas là son idée. Mais sa langue est plus méchante qu'un couteau tranchant. Arrivée donc au niveau de Chakani, elle se hissa sur ses pieds, tapa des mains, et lui cracha tout son venin.

— Tu sais Chakani, entonna-t-elle, tu es ridicule. Tu te donnes de grands airs alors que tu n'es qu'un minable. Regarde-toi un peu, tu penses que tu es de taille ? Tu inspires la répulsion, tu dégoutes. Oh, j'en sais trop sur toi ! Tu n'es qu'un lâche, car tu ne t'attaques qu'aux faibles. Tu n'es rien et tu ne seras rien. Dis-moi, Chakani, entre nous, qu'est-ce que tu as réalisé de bon depuis que tu es né ? Tu as conquis le cœur de quelle fille ? Je pensais que tu étais assez charmant pour séduire une fille. Être homme, c'est savoir séduire une fille. Ta vie n'est que viol, un acte lâche. Non, merci. Moi, Chaata, dit-elle en se tapant la poitrine, tu ne m'intéresses pas. Tu ne me fais pas peur et tu ne m'émeus point. J'éprouve plutôt de la pitié pour toi. Ouvre bien tes vilaines oreilles sales que, j'en suis sûre, tu n'as pas nettoyées il y a belle lurette. Moi tu ne m'auras jamais. Je ne passerai pas à ta casserole. Aussi vrai que la mort, j'aime Momo et comme dit l'écrivain Laurent Gaudé, « *On ne peut inverser le cours des fleuves, ni éteindre la lumière des étoiles* ». D'ailleurs, je me fatigue pour rien, tu ne comprends rien à cela, vaurien. Une fois de plus, mets bien cela dans ta tête : j'aime Momo. Je n'ai que faire d'un séducteur de pacotille comme toi, enfoiré ! *Chiummm…*

La tête haute, la mâchoire serrée, Chaata tourna les talons en faisant remuer ses fesses comme signe de provocation, s'arrêta une minute. Elle sentit le regard de Chakani dans son dos et partit d'un grand éclat de rire. Ce geste l'éleva au rang des « *Niéléni* »[34] non seulement aux yeux des amis de Chakani, mais aussi des passants qui avaient assisté à la scène. Elle a osé ! Quelle fille osait parler de la sorte à Chakani ? On l'admira. Elle délirait d'orgueil, de suffisance. Elle affichait une démarche triomphale. Chakani, ébahi par tant de provocation, était resté bouche bée, troublé et surtout blessé dans son orgueil et sa dignité. Il avait subi un dommage moral, l'humiliation. Les mots de Chaata lui entaillaient la peau. C'était comme une mitraillette qui traversait tout son corps. Alors, il rentra dans une grande colère. Il ne se contrôlait plus, il criait, insultait, tapait sur tout ce qui bougeait. C'était comme s'il était possédé par un démon. « Calme-toi Chakani, dit Djim. On te promet de régler le compte de cette fille et son amant. Dis-nous ton plan. Que comptes-tu faire ?

— En voilà une qui se promène avec son cercueil sur la tête. Voilà, c'est très simple. Je ne laisserai pas impunie l'arrogance de cette fille. Elle va m'entendre, celle-là. Je vais d'abord régler le compte de ce Momo.

---

34. Les braves femmes du Mali.

Selon les informations de Flabala, il répète chaque jour avec son groupe à l'espace culturel "Les Délices". Il rentre généralement à la maison vers les 20 heures. On va en profiter pour mettre de la drogue dans son coffre et passer un appel anonyme à la police. L'idée est géniale non ? Reconnaissez, mes amis, que je suis intelligent, bande de cancres ! Sans moi, vous n'êtes rien ! Applaudissez pour moi ! »

Il s'attendait à les voir l'applaudir, mais non. Ils avaient mal. Ils n'avaient pas apprécié la façon dont il s'en était pris à Sam. Le clan ne pouvait plus continuer à supporter les caprices de Chakani. Cette humiliation faite à Sam leur avait fait mal. Comme s'ils s'étaient parlé, ils se levèrent tous en même temps et prirent congé, laissant Chakani seul. Surpris par leur comportement, il hurlait de toutes ses forces :

— Je vous somme de revenir ! Sinon…

— Sinon rien ne se passera Chakani, dit Sam. On t'a assez supporté. On t'a laissé trop faire. Les amis, je me barre. À partir d'aujourd'hui, je ne suis plus des vôtres. Au revoir.

— Sam, s'il te plait, intervient Djim. Ne fais pas cela. Nous sommes presque des frères. N'oublie pas que nous avons fait un pacte.

— Continuez l'aventure sans moi. Ma décision est irrévocable.

*****

La nuit était noire. L'orage se déchainait. Les éclairs déchiraient le ciel. Sam était couché et broyait du noir. Il ne dormait pas. Il était en colère contre Chakani. Ce dernier était allé trop loin. Il allait se venger. Comment ? Il ne pourrait pas agir seul. Il avait besoin des autres membres du groupe, de leur consentement. Cela n'allait pas être facile, car Chakani n'était pas seulement craint, il était aussi aimé. Il était le bailleur de fonds du groupe. Toute la fortune de sa mère lui était destinée. Elle ne savait pas lui dire non. Si elle disait non, il la volait et rien ne se passait. C'est ainsi que Sam finit par avoir une idée qui lui parut géniale. Il irait voir Chaata. Il lui parlera du plan machiavélique que Chakani voulait mettre en pratique : placer la drogue dans le véhicule de Momo pour le faire accuser. Ils allaient tendre un piège à Chakani.

Sam prit donc son courage à deux mains et finit par avoir un rendez-vous avec Chaata. Dans un premier temps, cette dernière refusa. Non par peur, mais par méfiance. Son désir de déstabiliser Chakani prit le dessus. Elle s'était dit qu'après tout, elle n'avait rien demandé. C'est Sam qui était venu vers elle. Rien ne l'empêchait de l'écouter. Le rendez-vous fut fixé un dimanche soir. Sam relata tout dans les moindres détails. Il rassura Chaata de son aide.

— Écoute-moi Sam, dit Chaata, on va remuer les vieux démons en montant la population contre lui.

— Génial. La population n'attend que cela. Je regrette tellement Chaata. Si on pouvait retourner en arrière.

— Il n'est jamais trop tard pour bien faire. Donne-moi deux jours. Je sors un article dès demain. On fera tout pour que le commissaire lise cet article. Mais j'ai une inquiétude : si Chakani lit l'article avant, notre plan va foirer.

— Tu parles ! Chakani, lire un article ? Lui et ses potes boivent toute la nuit et ne se réveillent que vers 19 heures. Si tu veux cacher quelque chose à Chakani et à ses amis, tu le mets dans un journal.

— Mais quelqu'un pourrait le lire et l'en informer.

— Chaata, les gens en ont marre. Au contraire, tout le monde sera de notre côté.

— Donc, on essaie le coup.

— Oui. On est ensemble.

Chaata ne perdit pas de temps. Comme discuté avec Sam, elle passa la nuit à rédiger son article :

Depuis un certain temps, Bamako vit au rythme d'une insécurité grandissante qui a atteint son paroxysme ces dernières semaines. On peut dire que l'on n'est pas très loin de ce tableau apocalyptique si l'on en croit les rumeurs, à savoir des viols sur des gamines, des vols à main armée, des extorsions de motos, du trafic de drogue. L'heure est grave et les chiffres sont effarants, scandaleux et accablants dans une ville considérée comme la plus sécurisée du Mali. Pourtant une ville où les citoyens, en dépit de leurs problèmes sociaux, se plient à quatre pour subvenir à leurs besoins. Il ne se passe pas un seul jour sans qu'on ne signale un des crimes cités plus haut.

Hier, c'était dans les quartiers périphériques à la faveur de l'obscurité. Aujourd'hui, les agressions, les vols à main armée et viols sont commis en plein centre-ville et même dans les domiciles de paisibles citoyens, en plein jour. Selon les commissariats de police de la ville, une agression est signalée tous les jours dans les postes de police et les cas de viols sur les filles sont de plus en plus fréquents. Cette situation a visiblement instauré un climat de méfiance entre les populations et les autorités chargées de la protection des citoyens. Les chiffres sont alarmants et les coupables ne sont même pas inquiétés. Jadis considérée comme la ville la plus sûre du pays, Bamako vit aujourd'hui au rythme des gangs qui ont pris la ville en otage. Aux dires des populations, les auteurs sont connus et passent leur temps à narguer les victimes et la police. Au vu de tant d'impunité, il ne serait pas étonnant que les voyous s'enhardissent au point de chercher à porter atteinte à l'honorabilité d'un citoyen sans reproches, honnête, brillant et intelligent, à l'avenir prometteur, lequel contribue au développement socio-économique de son pays. À ce rythme-là, il est à craindre que l'on en arrive à des affrontements dont personne ne saurait mesurer les conséquences. Il est temps d'agir !

Allons-nous laisser le mal triompher sur le bien ? Ces bandits sont-ils les plus forts ? Parce que c'est de cela qu'il s'agit. Il est inquiétant et regrettable que ces vauriens, connus de toute *la communauté et des services chargés de la sécurité des citoyens, puissent mener tout le monde en bateau.*

Chère police, chers confrères des médias, je vous interpelle tous. Mobilisons-nous. Barrons-leur la route. La balle est dans notre camp !

Aussitôt, accompagnée de Sam, elle déposa une copie dans les journaux les plus lus de la place. Ensuite, ils se rendirent chez le policier Satan, ami de Zié. Ils lui relatèrent le plan de Chakani. La police décida d'intervenir aux environs de 21 heures, quand Momo et son groupe répétaient. Entretemps, Chakani était tout excité à l'idée de nuire à Momo. Ce n'était plus qu'une question d'heures. Ils allaient ensuite kidnapper Chaata, la violer et la jeter comme un citron pressé, vidé de tout son jus.

La ville fut mise sous haute surveillance. Le commissaire plaça ses hommes aux alentours du lieu de répétitions de Momo depuis le crépuscule. Cela faisait maintenant deux heures qu'ils étaient assis dans leur véhicule banalisé, une Mercedes noire. La rue était calme à cette heure. Il n'y avait personne à part quelques fidèles qui partaient à la mosquée pour la prière de *Safo*[35]. Chaata et Sam étaient dans un autre véhicule, à quelque deux cents mètres des policiers. Ces heures d'attente devenaient interminables pour eux. Mais la chance finit par leur sourire. Car soudain, Chakani

---

35. Icha, la dernière prière de la journée.

arriva sur une mobylette, accompagné de Flabala. Ce dernier descendit de la moto, s'arrêta une minute, regarda autour de lui et se dirigea vers le véhicule de Momo. Les deux protagonistes ne savaient pas qu'ils étaient surveillés. Rassuré, Flabala sortit de sa poche un trousseau de clés. Sa tentative de forcr le coffre de la voiture lui prit une bonne dizaine de minutes. Énervé, Chakani lui criait de faire vite. Il gara la moto, s'approcha de Flabala, lui remit un autre trousseau de clés. Cette fois-ci, la serrure du coffre céda. Chakani y déposa un paquet. Au moment où il rabattait délicatement le coffre, deux mains le saisirent par l'épaule et l'immobilisèrent. Chakani se débâtit de toutes ses forces, arriva à se dégager et prit la fuite. Une balle partit, mais le rata de justesse. Flabala fut embarqué.

Chakani était donc en fuite. Mais c'était sous-estimer « Satan ». Il était jeune et venait d'être nommé Commissaire. Il voulait faire ses preuves. L'affaire Chakani était devenue une question d'honneur pour lui. Avec son équipe, il passa la ville et ses environs au peigne fin. La chance leur sourit un samedi soir, sous une pluie diluvienne. Ils mirent la main sur Chakani à soixante-dix kilomètres de la capitale. Cueilli dans son sommeil, il ne résista pas. La nouvelle se propagea comme une trainée de poudre. La ville était en extase. Les gens informés par la télévision et la presse écrite étaient sortis massivement en proférant des injures. Certains jouaient du tam-tam. C'était une vraie fête.

La population était libérée. Ce jour-là, Djouldé sa mère dormait dans sa chambre. Elle fut réveillée brutalement par un bruit. Dehors les gens tapaient les tam-tams, brûlaient des pneus. Ils s'éclataient parce qu'ils étaient enfin débarrassés de Chakani. Les images passaient à la télévision nationale. Les hommes de Satan expliquaient à la télé comment ils l'avaient arrêté. Au moment où Djouldé ouvrit les yeux, Chakani passait aux aveux. Il expliquait comment sa bande d'antan opérait et ensuite comment il avait comploté contre Momo. L'affaire sortait de l'ordinaire. Pourquoi ? Pour quel motif ? Avec les aveux de Chakani, les éléments du puzzle se mettaient rapidement en place. Que s'était-il donc réellement passé ? Qu'est-ce qui avait pu motiver des tels actes de la part de Chakani ? Il a vite oublié l'affaire Poupée. Si son père n'avait pas payé, il serait en ce moment en prison. Est-ce que Chakani avait réellement pitié d'elle, sa mère ? Djouldé se posait trop de questions. Elle soupira. La terrible vérité s'imposa à elle. Son fils était le diable incarné. L'image de son fils à la télé était dure et dépassait l'imagination. C'en était fini pour Chakani. Djouldé se dit qu'elle-même n'était rien et qu'à tout moment elle pouvait disparaitre de cette planète sans aucun signe annonciateur, avec la possibilité d'être condamnée à l'oubli. La seule façon pour ne pas être dans l'oubli, c'est la qualité des œuvres accomplies et laissées derrière soi ici-bas. Alors, pourquoi Chakani avait-il choisi cette voie sans issue ? Il n'avait pas pensé que la vie était trop précieuse, que tout pouvait s'arrêter à tout moment. En vouloir à qui ? S'était-elle resaisie et s'était-ell consacrée a Dieu ? Ou est-ce parce qu'elle s'était entêtée malgré les mises en garde relatives à son désir fou d'avoir un enfant ? C'était comme si elle avait cherché à braver Dieu ou changer le cours du destin. Dieu seul décide pour nous. Qu'est-ce qu'elle avait donc fait du *Limanaya*[36] ? Elle avait donné toute sa vie et toute sa fortune pour avoir un enfant et voilà qu'elle n'avait récolté que la vie déchirée entre une mère et son fils, un homme et sa société, et un citoyen et son pays. Elle avait échoué sur tous les plans, pensa-t-elle.

*****

Deux années passèrent. Chakani fut jugé et condamné à une peine de vingt ans. Il fut transféré à la grande maison d'arrêt de Bamako. Son transfert s'était fait sous une forte pluie. Le tonnerre grondait, les éclairs aveuglaient. Le vent soufflait fort. Il n'était que 19 heures mais il faisait noir. Comme si cela ne suffisait pas, la voiture de police tomba en panne d'essence. Le commissaire grogna :

— Vraiment ce garçon n'apporte que malheur sur son passage, un vrai enfant maudit…

Il ne finit pas sa phrase que le tonnerre gronda de

_____
36. La foi.

nouveau et sous le choc, toute la ville se trouva dans l'obscurité suite à la subite coupure d'électricité.

— C'est toi qui es maudit, renchérit Chakani. Moi, j'étais tranquille dans mon coin. Le chauffeur vient de dire que c'est une panne d'essence. En quoi je suis responsable de cela si vous détournez ces tickets d'essence que l'état vous donne, rien d'étonnant que votre voiture vous lâche.

— Ferme ta sale gueule, bâtard !

— C'est toi le bâtard, enfoiré ! Ai-je touché a un point sensible ? La vérité blesse hein ! Sinon pourquoi vous mettre dans un tel état ?

Son arrogance mit le policier hors de lui qui lui asséna un coup de crosse au flanc. Il se tordit de douleur, mais ne cria pas. Chacun ne crie pas. C'est un homme fort.

— Ah, je vois, tu fais l'orgueilleux et le fier, on verra bien, une fois à la prison. Rira bien qui rira le dernier.

— Tu peux faire de moi ce que tu veux. De toutes les façons, *saya yén kelen dé yé*[37]. Je n'ai pas peur de toi. Si tu es un homme, ôte l'uniforme, et enlève-moi les menottes. Je vais te réduire en bouillie et on verra bien qui, de nos mères à nous deux, a mis au monde un bâtard.

Le policier était touché dans son orgueil. Il avait dix ans de service, et jamais personne ne lui avait parlé sur ce ton, surtout devant sa collègue à qui il faisait la

---

37. On ne meurt qu'une fois

cour depuis plus de six mois maintenant sans succès. Il jura de faire regretter à Chakani ses propos. Ils en étaient la quand le chauffeur revint avec un bidon d'essence. Aussitôt, le véhicule démarra. Le reste du trajet se passa dans le silence.

Le pick-up qui le transportait stoppa net devant la maison d'arrêt, une redoutable bâtisse, haute de plus de deux mètres, barricadée avec son mur macabre dont la seule vue était une torture de l'âme et de la chair. Plus on s'en approchait, plus on se rendait compte qu'il s'agissait bien d'un lieu de toutes les bassesses.

Un garde faisait la sentinelle aux alentours avec son fusil autour de son cou. À l'intérieur, tout était lugubre. La cour était dans un piteux état. La saleté et le désordre dépassaient l'imagination, une vraie porcherie. Les toilettes étaient nauséabondes avec des bouilloires jetées çà et là. La réalité dépassait la fiction. Rares étaient ceux qui en ressortaient sains d'esprit et de corps.

L'arrivée de Chakani à la maison d'arrêt fut spectaculaire. Dès son entrée, les autres prisonniers se levèrent pour lui souhaiter la bienvenue. Ils l'applaudirent avec des moqueries.

— Bienvenue, Chakani, dans notre univers, dit Dodo, un des nouveaux colocataires de Chakani. On a entendu parler de tes exploits. Eh bien, la recréation est terminée. Maintenant, bienvenue dans le monde des grands ! Eh oui, nous sommes des grands, car les petits n'ont pas leur place ici. Ils ne survivront pas ! Eh, les amis, applaudissez pour vous-même ! Vous êtes forts ! Vous méritez le chant Djanjo. Dansez au rythme de vos souffrances ! Dansez donc ! Demain sera meilleur, c'est moi qui vous le dis !

Les prisonniers entonnèrent en chœur le chant des preux, à la suite de Dodo qui, se dit Chakani, devrait être le chef. Ils formèrent un cercle autour de Chakani. On le tirait par son tee-shirt, ses cheveux. Ils finirent par l'entrainer dans la danse. Il était perdu dans cette foule qui regroupait les plus grands criminels du pays. À sa grande surprise, Flabala surgit de nulle part, et se jeta sur lui en le martelant de coups. Une bagarre enragée se déclencha entre les amis d'antan. Ils se cognèrent dessus. On les laissait faire.

— Chakani, hurla Flabala : *e ni kounoun, ne ni nbi*[38] bâtard ! On a des comptes à régler, toi et moi. Le coup de la cocaïne, c'était ton idée. Dieu seul sait que je ne voulais pas te suivre ce jour-là. Tu es un lâche. Je suis ici aujourd'hui, mais je finis bientôt ma peine. Maintenant à nous deux...

— Allez, allez, battez-vous, criaient les autres.

Des coups de poing partaient de partout. C'était un vrai désordre. Toutes ces scènes se déroulèrent devant les gardes qui jouaient à la belote sous le manguier, dans la cour de la prison. Ils étaient indifférents, car habitués à cela ! Ce fut le son de la cloche annonçant

---

38. À mon tour maintenant.

l'heure du diner qui mit fin à ces scènes de violence inouïes. Les anciens accoururent vers le repas. Quant à Chakani, il ne bougea pas. Il restait prostré, méditant sur son sort. Sa lèvre inférieure s'était fendue. Il saignait abondamment.

Il en était là quand on lui ordonna de s'asseoir. On lui rasa la tête et lui fit enfiler son uniforme de détenu, de couleur bleu macabre. Il passa la nuit ainsi sans nourriture. Lui, qui était gonflé, arrogant et fier, se voyait sommé de se conformer aux règles d'une prison.

Sa cellule était de deux mètres carrés, avec une petite fenêtre qu'on ouvrait une fois par jour pour lui passer sa nourriture. Un semblant de rideau, sale, déchiré avec des taches d'huile preuve qu'il servait de torchon après les repas, pendait. Le mur des cellules était couvert de dessins à l'image des tortures infligées aux occupants. Certains y avaient écrit la date de leur arrivée dans le but de se faire une idée du nombre de jours ou d'années passés là. Chakani partageait la sienne avec Lamine dit Toto Fima[39]. Le nom Toto, « rat » en Français, lui avait été donné parce qu'il volait à bout de bras. Il était costaud et noir avec des yeux rouges comme le sang. Avec Chakani, ils s'étaient détestés dès le premier regard et ne se parlaient jamais.

La prison était dure pour Chakani. Un véritable enfer. Ses journées, il les passait souvent sans mettre le

---

39. Toto le teint foncé.

nez dehors. Pour ses besoins, il se servait d'un sceau comme latrine. La nourriture était difficile à avaler. Les prisonniers la comparaient à un plat de maïs pour chevaux. Souvent un morceau de viande sur une grande tasse de riz dont la sauce au lieu d'être dessus, trouvait refuge au fond avec une odeur de pâte d'arachide mal cuite et de silure séché. La prison avait des quartiers : les Salopards, *Fitiri*[40], *Dunfing*[41]. Chaque quartier avait ses règles et ses corvées. Chaque quartier avait également son chef qui, généralement, était le plus fort et le plus dangereux. Le chef était vénéré et avait droit de vie et de mort sur ses codétenus. Les prisonniers étaient donc répartis selon leur caractère et leur comportement. Les Salopards étaient les moins violents. Leur cellule, plus grande, disposait d'une petite fenêtre. Ses occupants étaient autorisés à sortir dans la cour et à utiliser les toilettes. *Fitiri*, était la transition, c'est-à-dire ceux qui, après une punition, revenaient à de meilleurs sentiments, ils bénéficiaient alors d'une petite amélioration de leurs conditions et pouvaient rejoindre les Salopards. *Dunfing*, c'était pour les grands criminels et les récalcitrants. À *Dunfing*, les cellules sont de deux mètres carrés, barricadées et sans fenêtre. Les prisonniers y sont généralement nus, une façon de bafouer le peu de dignité qu'il leur restait encore. Ce fut donc à *Dunfing* que Chakani atterrit. La nuit, il luttait contre

---

40. Crépuscule.
41. Abysse.

les rats et les moustiques. Il dormait mal. Le manque de sommeil le rendait de plus en plus amer. La chaleur était tellement suffocante que souvent le bidon d'eau qu'on lui donnait, il se le versait sur le corps.

Un soir d'août, il avait beaucoup plu l'après-midi et l'air s'était rafraîchi. Chakani en était heureux et se disait qu'il allait enfin pouvoir trouver le sommeil. Il se coucha tôt en utilisant sa couverture comme oreiller. Quand le sommeil commença à le prendre, il sentit quelque chose entre ses cuisses. Il sursauta, pensant avoir affaire à un reptile. Mais quelle ne fut sa surprise en allumant sa torche de voir deux gros yeux obscurs sur un visage laid, crasseux et cruel qui le scrutaient. Un visage macabre et lugubre. L'homme semblait amer et aigri. Il était nu et tenait son sexe qui bandait comme une banane verte. Avant qu'il ne réalise ce qu'il lui arrivait, deux gros gaillards le maîtrisèrent et l'immobilisèrent par terre en le retournant sur son ventre, les fesses en l'air. Il comprit qu'on allait le violer. Mais Chakani était brave. Pas un seul gémissement ne sortit de sa bouche. Il ne voulait pas se montrer faible devant ses agresseurs. Django le balafré, costaud et moustachu, le sodomisa. Django, semait la terreur. Il avait son clan qui décidait du sort de ses compagnons de cellule. Il ne souriait que lorsqu'il faisait mal à quelqu'un. On lui obéissait. On le vénérait. On se soumettait à lui. S'opposer à lui, c'était le faire à ses risques et périls. Après avoir fini son acte odieux, Diango claqua des

mains. On lui tendit une cigarette, pourtant formelle-
ment interdite en cellule. Il l'alluma, tira un coup, jeta
la fumée sur le visage de Chakani et l'éteignit deux minutes après sur sa tête fraichement rasée. On l'aida
ensuite à ouvrir la bouche de Chakani, et le monsieur
y urina abondamment. Quand il eut fini d'uriner, il prit
le sceau réservé pour les besoins et versa le contenu
sur Chakani en lui ordonnant de le lécher.

Fiers de lui, Django et ses hommes fermèrent la
porte sur Chakani et disparurent dans la pénombre de
la prison. Après leur départ, il y régna un silence de
cimetière, fait de douleur, de mélancolie et de tristesse,
interrompu par moment par les aboiements de quelques chiens errants. Un cauchemar ! Chakani vomit et
cette fois-ci, il pleura. Il avait mal ! Il voulut s'asseoir
sur sa natte, mais ses fesses étaient encore en feu. Il
n'arrivait pas à croire que lui, Chakani, pouvait être
humilié, bafoué à ce point. Sa fierté était atteinte et il
devait impérativement se venger. Il réalisa qu'il y avait
plus bandit, vagabond et violent que lui.

La prison avait également son marabout, Ouztaz,
que les prisonniers consultaient pour en savoir plus
sur leur sort. La plupart du temps, les sacrifices que
celui-ci leur demandait se trouvaient avec l'étalagiste
installé devant la porte de la prison : des dattes, des
bonbons ou des noix de cola. L'étalagiste n'était autre
que le frère du marabout. Ces détails étaient méconnus
des prisonniers.

*****

L'implication de Chaata dans l'arrestation de Chakani était connue de tout le monde maintenant. Et Chaata était heureuse de cet exploit. Grâce à elle, Chakani avait été mis hors d'état de nuire. La population soufflait enfin. Cet épisode passé, elle devait maintenant se remettre à la recherche de ses parents. Cela faisait maintenant deux ans qu'elle était à Bamako. Plusieurs familles Diallo furent visitées en vain. Mais Zié ne se découragea pas. La presse fut mise à contribution. Il ne se passait un jour sans qu'un journal de la place ou une station radio ne fasse des annonces. La nouvelle passa d'une oreille à l'autre. Les investigations prenaient du temps, mais l'espoir était permis avait assuré Zié.

Un beau jour, Zié reçut une visite surprise. Un monsieur se présenta à son bureau. Il s'appelait Kalil et disait être un talibé de la grande famille Diallo de Medina Coura dont le chef, Maître El Bachir Diallo, était un grand érudit, marabout de son état. Il hébergeait plus de quarante talibés de tous âges venant de tous les horizons du Mali. Toutes les grandes familles Diallo du Mali le connaissaient, car il était leur doyen. La famille de l'érudit était le lieu de rencontre de tous les ressortissants de Djenné de passage à Bamako. Une famille où, tous les jours, on était sûr de rencontrer des personnes de toutes conditions sociales, qui pour prier ou demander conseils, qui pour recevoir des bénédic-tions, qui pour simplement vivre dans l'ambiance de la famille.

Zié avait pourtant cherché à voir Maître Bachir pour le problème de Chaata, mais n'avait pas eu la chance de le rencontrer ce jour, car ce dernier était allé accomplir le pèlerinage de la Mecque. Il s'était promis de reve-nir, mais avait été empêché lui aussi par un voyage qui l'avait éloigné du Mali pendant un mois.

Ce jour donc, Kalil était venu voir Zié pour lui transmettre un message urgent de ce Maître El Bachir. Ce dernier voulait le rencontrer Zié pour un problème urgent. Zié promit de passer dès le lendemain. Le ren-dez-vous fut fixé à 17 heures, après la prière de l'Asr.

Zié fut à l'heure.

Chez Maître El Bachir, le visiteur commence par un vestibule qui donne sur une très grande cour. Un grand manguier dont les feuilles tombaient sur un han-gar s'élevait au centre. Il y avait du monde. Les enfants talibés lavaient leurs *walahas*[42] devant le puits. Sous le hangar, certains adultes lisaient le Coran. À l'arrière de la cour, se reposait un troupeau de moutons et de chè-vres. Le visiteur pouvait voir également un bel étalon, la queue teinte au henné qui partageait son repas avec deux ânes. Les femmes étaient occupées à la cuisine. Une grande marmite mijotait sur le feu, une femme tamisait le mil pilé, surement le repas du soir. D'autres

---

42. ardoises.

triaient le riz pour le déjeuner du lendemain. Le monde qui y vivait était impressionnant.

Le talibé conduisit Zié aux appartements de Maître El Bachir situés à l'angle de la concession. Zié était bouche bée devant la propreté de la cour malgré le nombre de personnes qui y vivaient. Une odeur d'encens embaumait l'air. On introduisit Zié dans un salon. Son regard s'arrêta sur la photo du Maître des lieux, un homme d'une soixantaine d'années. La photo était prise à la Mecque à côté de la Kaaba. Il y souriait. Son visage était empreint de sagesse. Le Maître, drapé dans un beau boubou blanc et coiffé d'une chéchia rouge à la marocaine, était assis sur un tapis d'Orient, au milieu du salon. Un châle à la « Yasser Arafat » était posé sur ses épaules. Il paraît encore plus jeune que sur la photo. Deux personnes, des talibés, lui massaient légèrement les épaules. Il inspirait le respect. Son visage n'exprimait rien en dehors d'une politesse qu'il affichait devant tout être humain, beau ou vilain, jeune ou vieux, riche ou pauvre, homme ou femme. Son regard traduisait une intelligence forte. Il donnait l'impression de lire dans la pensée de ses visiteurs.

Il sourit en voyant Zié, lui serra la main et l'invita à s'asseoir à côté de lui, sur le grand tapis multicolore. D'un geste lent, il fit signe de la tête aux talibés de les laisser seuls. Il demanda que l'on serve du thé à Zié qui accepta volontiers. Après les salutations d'usage et après avoir remercié Zié d'avoir répondu si vite à son appel, le Maître fit appel à Kalil, qu'il lui présenta comme son homme de confiance. Il autorisa ce dernier à prendre la parole afin d'expliquer à Zié l'objectif de cette rencontre. Le talibé n'alla pas par quatre chemins :

— Monsieur Zié, ce que nous avons à vous dire va vous faire plaisir. C'est par rapport à vos appels sur les parents d'une certaine Chaata qui serait chez vous. J'ai moi-même entendu vos appels sur les radios de la place. Je n'y avais pas prêté attention au début jusqu'au jour où mon Maître a reçu la visite de Diamantio. Vous connaissez bien Diamantio ?

— Si ! si ! Répondit Zié en ajustant sa cravate. Il soupira, pressé de savoir la suite. Le Talibé s'était mis à narrer les faits devant Zié consterné. Il était sans voix.

Alors, Kalil dit ce qui suit :

— C'était un jour ordinaire, commença le talibé. Rien de spécial sauf l'arrivée des premiers pèlerins parmi lesquels mon Maître que j'étais allé accueillir à l'aéroport. J'attendais vers la sortie des passagers quand soudain des cris de joie se firent entendre. C'était la famille de Diamantio et ce dernier marchait à côté de mon Maître. Je le connaissais bien... Un détail attira mon attention : malgré l'accueil chaleureux de sa famille, Diamantio était froid. Il avait le regard triste et lointain. J'ai mis ce détail sur le compte de la fatigue du Hadj et du long voyage, mais j'avais tort.

La famille de Diamantio était tout excitée de le voir après un mois qui avait été long pour eux. Ce qui est normal. Ils fantasmaient sur le jour de son retour. Il sera beau dans sa tenue de pèlerin, avec son grand chapelet. Ils étaient fiers de lui, car il était le premier habitant du quartier à fouler le sol de la Sainte terre. Chacun pensait déjà aux cadeaux que Diamantio allait ramener. À leur grande surprise, et aussi bizarre que cela puisse paraître, Diamantio se montrait indifférent à leur enthousiasme de le revoir sain et sauf. Pire, il revenait les mains vides, pas même un chapelet.

À la maison, quelques voisins étaient déjà présents pour lui souhaiter la bienvenue. Après de brèves salutations, il s'enferma dans sa chambre et instruisit de ne laisser personne le déranger. Il voudrait se reposer. Son moral ne se prêtait pas à la fête. Très amaigri, triste et tout malheureux, il était absent et n'osait regarder les siens dans les yeux. Il avait également perdu son appétit. Il ne daigna même pas regarder le tô à la sauce gombo et au poisson fumé qu'il aimait tant. On le sentait nerveux, tendu, absent. Mais qu'est-ce qu'il avait donc ? se demandait tout le monde. C'est sans doute la fatigue, pensa sa famille.

Une semaine plus tard, continua le talibé, mon Maître El Bachir reçut la visite de Diamantio vers 2 heures du matin. Toute la maisonnée dormait, à part quelques membres de la famille qui prenaient du thé dans la cour, pendant que d'autres lisaient le Coran. Ce genre de visite ne surprenait personne, car on y était habitué. Souvent, des officiels, qui voulaient être discrets, choisissaient cette heure-là pour rencontrer le Maître. Étant le plus proche du Maître, c'est moi qui annonce et accompagne les visiteurs nocturnes. Très souvent, le Maître me demande de rester pour prendre des notes. Je le remercie de sa confiance aveugle en moi. Mais ce que j'ai appris ce jour-là me coupa le souffle et me fit penser à la mine que Diamantio affichait le jour de son retour de la Mecque. J'ai tout de suite tout compris. Je n'en croyais pas mes oreilles. Diamantio se confessait au Maître en sanglotant : il était allé à la Mecque, mais il n'avait pas effectué le pèlerinage.

*****

Ce jour-là, arrivé aux appartements du Maître, guidé par le talibé Kalil, Diamantio eut la chair de poule. Les lieux imposaient le respect. En proie à l'inquiétude, il regretta d'être venu et voulut rebrousser chemin. Trop tard. La voix du Maître derrière lui le fit revenir à la réalité. En se retournant, un homme de haute taille, drapé dans un grand boubou Bazin se tenait au centre de la salle. Il salua Diamantio et s'avança vers lui.

— Bissimila, mettez-vous à l'aise et faites comme chez vous. Sa voix tétanisa Diamantio qui eut besoin de quelques secondes pour pouvoir répondre.

— La paix soit sur vous, Maître, arriva-t-il à répondre.

Après les salamalecs, le Maître l'invita à parler de l'objet de sa visite. Diamantio qui voulut se débarrasser de ce lourd secret semblait ne plus être pressé. Il se tortillait sur la chaise qu'on lui avait offerte. On dirait qu'il essayait de soulager ses muscles endoloris par des nuits d'insomnie. Mais il cherchait plutôt à tuer le temps qui semblait suspendu. Par où commencer ? Quelle mouche l'avait donc piqué pour venir ici. En silence, il observait le Maître et Kalil. Leurs yeux étincelants, leur peau lisse et leur teint propre, témoignaient de la vie calme et sereine qu'ils menaient. Il les envia. Eux aussi l'observaient. Leurs expressions montraient qu'ils s'impatientaient. Quand va-t-il se décider à parler ? Diamantio comprit. Pour rien au monde, il ne va chercher la colère du Maître. Il l'avait choisi pour qu'il soit son sauveur. On ne doit pas fâcher son sauveur. Il continua ses confessions :

— Depuis le jour de notre arrivée sur la terre sainte, marmonna-t-il, j'ai été saisi d'une forte diarrhée m'empêchant de faire quoi que ce soit, même mes prières. Au retour, une fois dans l'avion, c'est comme si je jouais de la comédie. La diarrhée avait disparu comme par enchantement. Incroyable, mais vrai ! Regardez-moi bien. J'ai perdu au moins dix kilos. Je n'en dors plus. Je suis perdu.

Le Maître retint son souffle. Il fixa Diamantio pendant un instant et se rendit compte qu'il le mettait mal à l'aise. Alors, il baissa la tête et regarda dans le vide. Un long silence s'en suivit.

Assis sur ses jambes repliées, le poignet droit ceint de ses chapelets, le Maître prit la parole.

— Je suis désolé Diamantio.

— Désolé ?! C'est tout ce que vous trouvez à dire ? Est-ce un message ? Un signe que j'irai en enfer !

— Mon ami, répondit le Maître avec calme, je ne suis pas Dieu pour le savoir. *Né yèrè yé adamadé sen fila de ye*[43]. Je ne sais pas ce que vous avez fait. Vous êtes le seul à le savoir. C'est entre vous et Dieu et vous n'êtes vraiment pas obligé de me le dire.

— Mais dites-moi ce que je dois faire ! Je suis si perdu ! J'ai si peur !

— Le seul conseil que je peux vous donner, c'est de vous repentir et d'implorer son pardon. C'est un Dieu bon et miséricordieux. Peut-être qu'Il vous pardonnera.

— Vous voyez, vous n'êtes pas sûr de ce que vous dites. Vous venez de dire « peut-être ». Je fais quoi donc ? Vous êtes un homme saint, vous devez savoir.

— Ressaisissez-vous.

— En quoi faisant ?

— Priez davantage, demandez-lui pardon. Dieu aime cela. Il veut que l'on reconnaisse nos erreurs et Lui demande pardon. Vous avez les moyens de retourner à la Mecque une deuxième fois.

---

43. Je ne suis qu'un être humain comme vous.

À la grande surprise du Maître, Diamantio se mit à sangloter. Le Maître le laissa faire. Ça allait lui faire du bien.

— Maître, je ne suis qu'un être humain, dit Diamantio. Je crois en Allah, mais j'ai mes sentiments aussi. Je fais les cinq prières de la journée. Je pratique le jeûne. Ne pensez-vous pas que je dois redoubler davantage, c'est-à-dire, chaque vendredi, apporter à manger à la mosquée, par exemple ? Donner plus aux pauvres ?

— Tout cela est bien, Diamantio. Tel doit être notre quotidien si on a les moyens. On ne doit pas attendre d'avoir un problème pour être généreux.

— Maître, si vous saviez combien j'ai regretté, *wallaï* ! Lui-même, Dieu, me voit. Si on pouvait retourner en arrière ! Mais l'eau versée ne se récupère pas. J'ai eu si tort, Maître ! Oui, j'ai eu tort sur tous les plans. J'étais aveugle et c'était Satan. Si je vous explique, vous allez me comprendre. Mais je vous en prie, ne m'en voulez pas. Comme je viens de dire tantôt, je ne suis qu'un être humain appelé à commettre des erreurs. Voilà ce qui s'est passé réellement.

— Vous n'êtes pas du tout obligé de me le dire, mais si cela vous soulage, allez-y.

— Vous savez, ma femme Djouldé, vous la connaissez ?

— Oui, je la connais bien.

— Elle était très belle, elle l'est toujours d'ailleurs, vous savez cela aussi.

— Continuez, je vous écoute.

— Je l'aimais à la folie. Excusez-moi, si je vous offense par mes mots, mais l'amour est un sentiment humain. Oui, elle était trop belle ! Il ne se passait pas un jour sans que je ne pense à elle. Je l'avais dans la peau. Elle ne voulait pas de moi. Regardez-moi, Maître, je suis laid. Quelle femme voudrait de moi si ce n'est pas pour mon argent ?

— Vous vous trompez. On ne peut pas déplaire à tout le monde.

— Si, aucune fille ne voulait de moi !

— Je ne vous crois pas. Vous avez tout de même trois femmes.

— Il y'avait ce monsieur, Tidiane Diallo. Il était beau, jeune. Il est de Djenné et sa mère est une Peule bororo du Niger. Il avait été envoyé chez Almaty, le père de Djouldé pour qu'il fasse sa formation coranique. J'ai connu Almaty au moment où je demandais la main de ma première femme, Anta qui est de Djenné aussi. C'était Almaty d'ailleurs qui s'était occupé du mariage religieux. Depuis, nous avons gardé de bons rapports. Il venait me voir souvent à Bamako et vice versa. C'est ainsi que j'ai vu Djouldé. Bref, Djouldé s'était donc amourachée de ce Tidiane Diallo et ne jurait que par lui. Elle tomba enceinte. Le garçon n'avait que seize ans et Djouldé quinze. Ils étaient encore enfants. Le garçon eut peur et prit la fuite. Almaty était tellement affecté qu'il se confia à moi. Il avait honte et craignait d'être la risée de la ville. Il avait vu en moi son seul secours. C'est en ce moment que je lui ai proposé de m'accorder la main de Djouldé. Je l'épouserai et donnerai mon nom à l'enfant. Mais je ne savais pas que la grossesse était déjà avancée, donc impossible de tromper quiconque que l'enfant était de moi-même, si on venait à célébrer le mariage le jour suivant ma discussion avec Almaty. On s'était mis d'accord d'envoyer Djouldé chez une cousine de sa mère, Dabel Kane Diallo, épouse de l'Ambassadeur du Mali à Alger à l'époque, et qui n'avait pas eu d'enfant. Cette dernière était enchantée. Elle avait promis de recevoir Djouldé, de s'occuper d'elle et de son enfant. La grossesse se passa sans problème. Djouldé accoucha six mois plus tard. Vu son jeune âge et son corps frêle, l'accouchement fut difficile. Elle faillit y perdre la vie. Elle fit une crise d'éclampsie. Elle fut sauvée de justesse. On informa Djouldé que son enfant était un mort-né. Elle n'avait rien compris. Elle était trop jeune et peut être même contente d'être débarrassée de cet enfant encombrant, surtout que le père avait disparu sans laisser de traces. L'enfant resta donc à la maternité, le temps pour Dabel Kane Diallo de s'occuper du retour de Djouldé à Bamako. Quand Djouldé fut remise, comme si de rien n'était, elle retourna à Bamako convaincue que son enfant était réellement mort lors de la couche. Elle était encore plus belle. Je la couvrais de cadeaux en tous genres. Un mois plus tard, on célébra notre mariage.

— Jusque-là, je ne saisis pas ce que vous, vous aviez fait de mal.

— J'en viens.

Diamantio étouffa un autre sanglot. Le Maître l'ignora.

— Je voulais Djouldé pour moi seul. Pas question d'élever l'enfant d'un autre homme sous mon toit. J'étais si jaloux de savoir qu'elle avait appartenu à quelqu'un d'autre que moi ! C'était égoïste de ma part, je sais.

— Égoïste, Diamantio, et méchant, ajouta le Maître.

— Mais j'étais aveuglé par mon amour pour elle. J'ai donc payé Dabel pour qu'elle coupe les ponts avec la famille. Je me suis occupé de tout. J'ai payé beaucoup. Dabel ne vivait que pour l'argent. On n'entendit plus parler ni d'elle ni de l'enfant

— Il y a combien d'années de cela ? demanda le Maître.

— Plus d'une vingtaine d'années, si j'ai bonne mémoire

— Quel était le sexe de l'enfant ?

— Une fille.

— Et le père de l'enfant ? Toujours pas de nouvelles ?

— Il n'a plus donné signe de vie. Tant mieux. Il paraît-il qu'il travaille dans une grande banque à Niamey, au Niger.

— Et les parents de Djouldé dans tout cela ?

— Almaty est mort, mais la mère de Djouldé vit toujours et se trouve à Djenné. À elle aussi, on a fait croire que le bébé de Djouldé était un mort-né.

Le Maître n'écoutait plus. Quand Diamantio finit de tout relater d'une traite sous le regard attentif du Maître, il fixa intensément ce dernier dans l'espoir de lire une expression son visage. Le Maître ne manifesta aucun étonnement. Il resta imperturbable. À sa voix, Diamantio sursauta. Leurs regards se croisèrent. Diamantio avait envie de rentrer sous terre. Il était beaucoup plus âgé que le Maître, mais il eut la sensation d'être transparent. Pour lui, il lisait en lui. Il avait l'impression qu'il avait le don de traverser les parois de son crâne avec un rayon laser. Son regard insistant le mit mal à l'aise. Il était paralysé par la peur.

— Je ne pouvais plus continuer à porter ce poids. J'éprouvais un grand sentiment de culpabilité. Plus je prends de l'âge, plus je regrette mon geste. C'était pourquoi j'avais décidé d'aller à la Mecque pour me recueillir et implorer Dieu de me pardonner mes péchés. Vous connaissez le reste de l'histoire.

Il s'attendait et aurait souhaité qu'il criât sur lui, que sa voix tremblât d'indignation, tranchante et métallique comme cela se doit dans une telle situation. Mais ce ne fut pas le cas. La voix du Maître était plutôt douce.

— Vous avez bien fait. Dieu demeure notre Sauveur. Qu'il soit fait selon Sa volonté. Mettons tout cela sur le dos de Satan.

— Voilà ! C'est Satan. Vous avez tout compris mon Maître. Sinon moi, Diamantio, je ne suis pas quelqu'un de mauvais.

— Vous allez contacter le père de la fille et nouer le contact avec lui, car apparemment, vous savez où il se trouve.

— *Wallaï*, je le ferai et si vous voulez, dès demain.

— Pas si moi je veux. Vous devez le faire. Sinon, je vous dénonce à la justice.

— Voilà, mon cher Zié ce que Diamantio était venu confesser. Le visage ravagé par la peur et la honte, Il sanglotait. Le Maître l'ignora et regardait dans le vide. Malgré son calme, il était sidéré et indigné. Il lui demanda tout gentiment de vider le plancher.

Quand Kalil termina son récit, Zié était dégouté. Il transpirait. Son indignation se transforma en colère. Il remercia le talibé et le Maître et promit de revenir vers eux. Il devait partir. Il avait un compte à régler.

— Non, Zié. Ressaisissez-vous, conseilla le Maître. Dieu a déjà vengé Djouldé et Chaata. Le remord qui est en train de ronger Diamandio est suffisant. Laissez-le à son chagrin. Je ne connais pas de Dabel Kane Diallo, à qui Chaata avait été confiée, mais je promets de vous aider. Le maire de Djenné, Boulel Cissé, est

mon cousin. Je vais vous remettre ses contacts et Kalil va vous accompagner pour le voyage sur Djenné.
Ne dites rien à personne pour le moment. Quand tout
cela sera confirmé, je convoquerai et Diamantio et
Djouldé. Après, on informera la fille. Elle a besoin de
savoir la vérité. Quand tout sera fini, on décidera du
sort de Damantio pour l'instant, nous avons besoin de
lui. Soyez rassurés que vous avez mes bénédictions et
mon soutien. Que Dieu vous accompagne ! Amen.

Zié n'ajouta plus rien. Il remercia et prit congé. Une
fois arrivé chez lui, et encore sous le choc de toutes
ses révélations, Il informa sa femme dans les moindres détails. Pendant ce temps, Chaata s'ennuyait, surtout de l'absence de Momo, parti en tournée pour des
concerts dans la région de Kayes.

*****

Cette nuit-là, n'arrivant pas à dormir, elle sortit
marcher pour se calmer un peu l'esprits. Dehors, il
faisait froid. Elle frissonna de peur et d'émotion. Elle
s'assit sur un tronc d'arbre coupé. Elle ne voulait pas
rentrer à la maison et voulait attendre le lever du jour.
Soudain, elle entendit un chat qui miaulait. L'animal la
regardait. Il était triste et semblait affamé. Chaata en
frémit, mais était heureuse : « Au moins, je ne suis pas
seule, j'ai de la compagnie », se dit-elle. « Il a dû perdre
sa mère et, comme moi, serait à sa recherche. » La lune

était pleine et brillait de toute sa lumière. Elle continuait sa ronde et Chaata admira sa beauté. « Quelle beauté ! Tout devrait être comme ça beau ! Mais non. Aujourd'hui, je suis si triste ! Comme je voudrais te ressembler et briller. » Elle essaya de se concentrer sur chacune des étapes de sa vie ces derniers mois, de la mort de sa grand-mère à son arrivée dans la famille Coulibaly. Elle se leva, mais pensa qu'elle ne devrait pas laisser le chat seul. Mais il ferait bientôt jour et il faudrait qu'elle parte. Momo rentrait le lendemain. Elle avait besoin de dormir et être en forme pour accueillir son amoureux. Elle se leva, formula le vœu que Dieu fasse en sorte qu'elle et le chat retrouvent les leurs.

Arrivée à la maison, au moment où elle traversait le salon pour rejoindre sa chambre, elle entendit la voix de Zié et Alice. Elle s'approcha, sans qu'ils la virent, et fut intriguée par le visage inquiet d'Alice. Plus par simple curiosité que par indiscrétion, elle écouta.

— Ce n'est pas possible ? dit Alice. Quelle histoire !

— Eh oui, ma chère, renchérit Zié. D'après les révélations de Diamantio, Chaata serait la fille de Djouldé, la femme de Diamantio lui-même. Quand elle est tombée enceinte, ses parents étaient scandalisés. Enceinte à 15 ans ! Et de surcroît de ce talibé dont elle s'était amourachée et à qui ils vouaient une confiance aveugle ! C'était la fin du monde, pour les parents de Djouldé. Selon Diamantio, elle avait trop souffert pendant le travail, car l'enfant s'était présenté par le siège. Djouldé était blessée et avait frôlé la mort. Peut-être que cet accouchement difficile explique-t-il toutes les difficultés à concevoir de nouveau une grossesse avant celle de Chakani ?

— Comment comptes-tu donc lui révéler la vérité. La pauvre, cela lui fera un tel choc. Elle est si fragile !

— Je sais, mais on n'a pas le choix, elle doit savoir. Après tout, c'est le but de son voyage ici.

— Je dois contacter les Affaires sociales. C'est eux qui doivent saisir l'Ambassade du Mali à Alger. Cela veut dire que je dois me rendre impérativement à Alger pour confirmer tout cela. Si cela s'avérait, le Maître convoquera une rencontre entre Diamantio, Djouldé et moi. Chaata sera informée après cette rencontre chez le Maître. Ensuite, on se rendra à Djenné pour qu'elle connaisse ses origines. Son grand-père est mort, mais sa grand-mère et le reste de la famille s'y trouvent toujours. Le Maître a promis de nous faire accompagner par Kalil. Tu sais, Alice, on doit s'y prendre avec beaucoup de tact et de stratégie. La pauvre, elle me fait tellement pitié. Elle est si gentille et elle mérite bien de connaitre la vérité, toute la vérité.

Frappée de plein fouet, Chaata se figea. Son cœur se crispa comme si quelqu'un essayait de le compresser. Ces déclarations firent l'effet d'une bombe. On savait

donc qui étaient ses parents ? Djouldé ? Diamantio ?
Qui étaient-ils ? Des questions se bousculaient dans sa
tête.

Son hurlement interrompit la conversation entre
Zié et sa femme qui furent surpris de la voir là. Ils restèrent cloués sur place, silencieux comme des tombes.
Ils comprirent qu'elle avait tout entendu. Au bout de
quelques minutes, Zié s'approcha d'elle. Il la serra fort
dans ses bras. Ils restèrent ainsi un long moment. Elle
sanglotait. Zié la laissa faire. Dix, quinze, vingt minutes passèrent. Alice vint les séparer. Chaata pleurait,
Zié aussi, lui qui n'avait plus pleuré depuis la mort de
son père.

— Ma fille, dit Alice, va te coucher. Il se fait tard.
On parlera de tout cela demain.

— Djouldé ? Qui est-elle ? Où est-elle ? Je veux la
connaitre ! cria Chaata.

— Bien sûr, lui répondit Zié. On ira ensemble
d'abord à Alger et ensuite à Djenné. Je ne veux pas
de faux espoirs. C'est quand tout sera confirmé que tu
pourras la rencontrer. En entendant, vas te coucher.
La nuit porte conseil.

Chata courut se réfugier dans sa chambre. Elle se
jeta sur son lit. Elle tapait sur son oreiller. Elle parlait
seule. Zié et Alice la laissèrent faire. Quelle histoire ?
Elle ne ferma pas l'œil de la nuit. Elle resta couchée, à
contempler le plafond de sa chambre. Le lendemain,
elle ne sortit pas de sa chambre. Elle avait de la fièvre,

beaucoup de fièvre. Elle fut admise à l'hôpital. Elle n'arrêtait pas de demander à voir Djouldé. Elle voudrait la connaitre. Un miracle se produisit. Zié était allé voir le Maître pour lui expliquer l'état de santé de Chaata. Ce dernier décida d'aller à la rencontre de Chaata pour lui parler. C'était incroyable, mais vrai. On n'avait jamais vu le Maître quitter sa maison si ce n'était pour aller en voyage. Zié était ému et remercia de tout son cœur le Maître.

Arrivés à l'hôpital, Zié le laissa seul avec Chaata. Comme par miracle, Chaata se calma. Deux jours après cette rencontre, elle retourna à la maison. À partir de ce moment, tout alla très vite. Zié et Chaata partirent à Alger et revinrent au bout de deux semaines. Avec l'aide de l'Ambassade, les investigations avaient abouti. Elle était bien la fille de Djouldé, mais portait le nom du mari de Dabel Kane Diallo, qui était Diallo aussi comme son père biologique, Tidiane Diallo. Le voyage de Djenné se préparait tout doucement. Enfin, le jour J arriva. Chaata était assise dans le véhicule de Zié, avec comme voisin, le talibé Kalil, en route pour Djenné. Voilà une heure qu'ils avaient quitté la ville de San où ils s'étaient arrêtés pour se dégourdir un peu les jambes et pour une pause santé. Chaata regardait à travers la fenêtre de la voiture. La route était mauvaise. Ils traversaient des villages, mais Chaata n'y prêtait guère attention, tant elle était absorbée par ses pensées. Elle n'arrivait même pas à se concentrer sur le paysage pourtant si vert et si beau. Subitement, elle eut peur. Peur de découvrir une vérité à laquelle elle ne s'attendait pas sur ses géniteurs. Zié ne lui avait pas donné les détails. Il lui avait fait brièvement et simplement le compte-rendu de sa rencontre avec le Maître.

Ils s'arrêtèrent dans un village où se tenait une foire hebdomadaire. Des vendeuses défilaient, qui pour des fruits, qui pour des œufs de pintades frais ou cuits, des agrumes, du pain ou du lait frais ou caillé. Zié héla l'une d'entre elles :

— Combien coûte ce tas de colas ?

— Deux cents francs.

— OK, donne-moi 3 tas, mais à 150 francs.

— Vous êtes mon premier client, je ne tergiverserai pas. Allez-y, prenez-les.

— Merci, je suis quelqu'un de chanceux dans la vie. Vous allez voir, vous ferez aujourd'hui de bonnes affaires.

— Que Dieu vous entende !

— Amen.

— Faites bonne route. Et à la prochaine. Je suis là tous les jours de 6 heures du matin à 20 heures. C'est sûr que l'on se reverra à votre retour. Je vous ferai encore un bon prix.

— Oh vous devez être une Senoufo ! Vous, vous aimez l'argent. Mais sachez que sans nous, les Minianka, vous n'êtes rien.

— Mais comment ça, mon esclave Minianka ? Qui

148

n'aime pas l'argent de nos jours ? Allez ! Bonne route ! Je ne sais pas ce qui vous amène, mais il n'y a que le bonheur qui vous attend, et ce pour avoir rendu heureuse une pauvre femme comme moi. Je ne savais pas comment rentrer à la maison pour affronter le regard de mes enfants affamés.

Zié en rit et se tourna vers Chaata.

— Tu ne veux rien ?

— Non, merci.

— Tu feras mieux de prendre quelque chose. On est encore loin.

— Chaata ne répondit pas.

— Chaata, m'entends-tu, insista Zié ?

— Si. Je pensais à ce que vient de dire la vendeuse. Tu as entendu ? Que le Bon Dieu l'entende ! Bref. Excuse-moi tonton Zié. Je n'ai pas faim. Maman Alice m'a préparé des beignets. Je pourrais tenir avec ça. Par ailleurs, je ne sais pas si elle t'en a parlé, mais elle m'a remis des pagnes pour l'épouse du Maire et pour la femme du chef de village.

— Effectivement, elle m'en a parlé. Tu sais, c'est cela la coutume chez nous. On ne doit pas arriver les mains vides. Les noix de cola, c'est aussi pour le chef de village. Quant au Maire, il paraît que c'est un grand fumeur. Je lui ai acheté deux paquets de Marlboro bien que je sois contre la cigarette.

— Et toi, Kalil, tu ne prends rien ?

— Juste du *dableni*[44], j'en raffole.

— Tu as raison. Cette chaleur est suffocante.

Ils arrivèrent aux environs de 16heures. Le maire était au courant de leur arrivée. Mais la surprise était à son comble. Zié et le maire se connaissaient. Ils avaient été à la même école. Après leur succès au Diplôme d'Études fondamentales, Zié avait été orienté dans un lycée de Bamako tandis que Boulel s'était retrouvé au Lycée de Mopti. La séparation avait été dure. Ils ne s'étaient plus revus jusqu'à ce jour. Ces retrouvailles furent une grande joie. Ils étaient si contents qu'ils oublièrent la présence de Chaata, éberluée de voir tant de sympathie, et commencèrent à se raconter les bons souvenirs de leur adolescence. Il fallut l'intervention de la femme de Boulel pour qu'ils se ressaisissent.

— Boulel, tu parles trop. Laisse au moins nos invités prendre leur douche. Vous avez toute la nuit devant vous. Ma fille, dit-elle en se tournant vers Chaata, votre chambre est la deuxième sous la véranda. Installez-vous. L'eau du bain est prête aussi.

— Merci, dit Chaata qui fut soulagée, car pressée de se retrouver seule.

Une fois que Chaata tourna le dos, le maire demanda à Zié :

— Alors, c'est notre Algérienne ? Mon cousin m'a fait un peu le compte-rendu. C'est une bien triste histoire. Va prendre ta douche ! On en parlera ce soir

---

44. Jus de bissap.

quand tu te seras un peu reposé.

Après le diner, Zié et son ami d'enfance se retirè-
rent pour discuter de l'objet de leur visite à Djenné.
Zié lui raconta comment il avait rencontré Chaata et
comment elle lui avait relaté son histoire.

— Mon ami, elle est si gentille. Elle mérite vraiment
notre aide. Je compte sur toi. C'est devenu une obsession pour moi. En plus, notre fils s'est amouraché
d'elle. Je pense que c'est du sérieux.

— Vraiment ? C'est formidable. En plus d'être belle,
elle m'a l'air bien. J'ai besoin de plus de détails. L'année
de naissance.

— Elle a 25 ans. On revient d'Alger. Les registres de
naissance montrent bien qu'elle est la fille de Djouldé.

— On ira voir le chef de village demain, de même
que l'imam. Ils nous accompagneront dans la famille
d'Almaty. Ce dernier est mort, sa femme y vit toujours,
mais dans une situation difficile. Elle est vieille. C'est
l'une de ses nièces qui s'occupe d'elle.

Quand Chaata se réveilla le lendemain, il était presque 10 heures du matin. Elle fut gênée d'être restée
aussi longtemps au lit. La femme du Maire l'informa
que Zié et son ami étaient sortis très tôt. Ces derniers
ne tardèrent pas à rentrer, avec le sourire aux lèvres.
La famille de Djouldé avait accepté de les recevoir le
soir.

La rencontre fut si poignante que la grand-mère de
Chaata fondit en larmes. Elle n'arrêtait pas de regarder

Chaata, de la toucher. On la laissa pleurer.

— Tu ressembles tellement à Djouldé, dit-elle ! J'ai l'impression de l'avoir devant moi, sous mes yeux.

*****

De retour à Bamako, Zié annonça la bonne nouvelle à Maître El Bachir qui provoqua une rencontre. Il y avait Diamantio, Djouldé, Zié, Chaata, Alice et Momo qui, revenu entretemps de sa tournée, avait souhaité être de la rencontre. Chaata redoutait un peu cette rencontre avec sa mère biologique. Elle n'avait pas mangé de toute la journée. Elle n'en avait pas envie. Elle n'avait ni faim ni soif. Même Momo ne réussit pas à lui faire avaler la moindre nourriture. Quand Momo insista, par politesse, elle prit le morceau de pain qu'il lui tendit, mais impossible d'avaler quoi que ce soit. Elle se sentait si faible. C'était comme si toute son énergie se vidait. Plus l'heure de la rencontre s'approchait, plus son cœur battait fort dans sa poitrine.

Ils étaient en avance chez le Maître. Vingt minutes plus tard, Kalil vint annoncer l'arrivée de Diamantio et de Djouldé, le sang de Chaata ne fit qu'un tour. Elle retint son souffle. Zié se leva. Elle l'imita. Elle parcourut du regard, l'un après l'autre, les visages de Zié, Diamantio, Kalil, celui du Maître, et s'arrêta sur Djouldé. Un frisson lui parcourut tout le corps. Le frisson se transforma en bouffée de chaleur. Elle faillit s'évanouir sous le coup de l'émotion. Elle voyait pour la première fois la femme qui l'avait mise au monde. Malgré son âge et les vicissitudes de la vie, elle était encore incroyablement belle. Chaata la trouvait plus que séduisante. À la regarder de près, on avait l'impression qu'elle rivalisait avec des artistes, des tops modèles des années soixante. Pour Chaata, Djouldé était encore jeune : le teint éclatant, le regard vif malgré des cernes sous les yeux. Chaata ressentit à la fois de la joie et de l'amertume. La joie, car son voyage au Mali n'avait pas été vain. De l'amertume, parce qu'elle avait perdu trop de temps avant de connaitre sa mère. Elle aurait voulu la connaitre depuis toujours. Une mère, c'est si bon ! Elle se rappela soudain cette inscription qu'elle avait lue chez une de ses amies Cécile : « Une mère, c'est si bon que même Le Bon Dieu en a voulu une ! ». C'est si vrai ! Au lieu de la détester, elle ressentit une fabuleuse bouffée d'amour. « J'ai envie de me blottir contre elle, de la toucher, de sentir son odeur. Je ne la juge pas. On ne juge pas une mère. On l'aime, on la vénère, on l'adore, et c'est TOUT ! »

Quant à Djouldé, elle ne quittait pas non plus Chaata des yeux ! La fibre maternelle a parlé. Elle trouva sa fille si belle, si sensible et si fragile. Elle pleurait de joie. Elle qui avait tout fait pour avoir un enfant sans savoir qu'elle en avait un déjà, qu'elle avait cru morte. Comme le monde est étrange ! Elle se retourna vers Diamantio, les yeux remplis de larmes. Ce dernier lut une rage et une haine dans ce regard accusateur de Djouldé.

— Je t'en prie Djouldé, ne dis rien, dit Diamantio précipitamment. J'ai tort sur tous les plans. Cet acte pèse sur mon cœur comme une lourde dalle. Je suffoque. Je n'en peux plus. Les fantômes du passé ont ressurgi et parcourent mon esprit et mon cœur. Je tente depuis une vingtaine d'années de chasser de mon esprit le souvenir d'une existence liée à cet acte ignoble. Mais en vain. Eh oui, le mensonge a beau courir, la vérité finira toujours par le rattraper. Le vin est tiré, il faudrait le boire. Faites tous de moi ce que vous voulez. Je suis à vous.

— Comment as-tu osé, Diamantio ? demanda Djouldé subitement furieuse, me priver de mon enfant ! Me faire croire qu'elle était morte ? As-tu idée ? J'étais loin d'imaginer le lourd secret que tu me cachais. De deux choses, l'une, Diamantio : soit tu es méchant, soit tu as la mémoire courte. Te rappelles-tu que tu t'es posé en moraliste à propos des prétendues « bassesses » de mon père, comme tu le disais si bien ? Et voilà que tu n'es pas du tout taillé pour ce beau rôle. Tu étais pourtant son ami. Qui s'assemble se ressemble, hein, mon cher époux !

Elle cracha sur Diamantio devant le Maître surpris.

— Un peu de retenue chère femme. Je ne saurais tolérer de tel comportement devant mon Maître, prévint Kalil.

Pour toute réponse, Diamantio s'essuya sans un mot. Aux yeux des autres, il était devenu un vieil homme, un aigle abattu, qui avait perdu ses ailes. Diamantio, le fier, l'orgueilleux en proie aux secrets les plus lourds et sombres, devint subitement un homme différent. Ah Dieu ! Son visage était défoncé par la gêne. Il se leva, quitta les lieux, laissant l'audience méduse, en proie à mille réflexions.

Chaata avait retrouvé ses parents. Il lui restait une dernière chose sur sa liste. Rencontrer Chakani. Elle irait le voir à la prison. Pour lui dire quoi ? Qu'elle était sa sœur ? Le garçon qu'elle haïssait le plus était donc son frère ! Et il était en prison par sa faute ! Maintenant, chaque victoire qu'elle avait remportée sur Chakani devint une blessure purulente, une plaie qu'elle porterait le restant de sa vie. Qu'est-ce qu'elle devait faire pour nettoyer cette plaie, estomper la douleur qui la taraudait ? Au fond d'elle, la plainte était interminable. Toute la rancœur qui l'animait cessa comme par enchantement. Certes, Chakani était méprisable, mais il restait son frère. Sa décision était prise. Dès demain, elle ira à la rencontre de Chakani.

*****

Quand on ouvrit la cellule de Chakani, pour la première fois, Chaata daigna regarder son désormais frère, face à face. Elle vit que Chakani était méfiant. Il ne comprenait pas le sens de cette visite. Était-ce pour continuer de se moquer de lui ? De toutes les façons, il se ferait petit, car il était en position de faiblesse.

— Chakani, finit-elle par dire, je viens en amie !

Chakani ne réagit pas. Son regard était celui d'un homme mort depuis longtemps.

— Que tu me crois ou pas, ajouta-t-elle, nous sommes frères et sœur, voilà, je l'ai dit. Qu'est-ce que tu en dis ?

Les yeux de Chakani s'assombrirent. Il adressa à sa sœur un regard pénétrant, comme pour dire : « Si tu n'arrêtes pas tes mensonges grotesques, je te fends la gueule ». Chaata soutint le regard un instant, soupira et baissa la tête. Chakani lui prit le menton et l'obligea à le regarder. Il lui sourit d'un air ironique. « Il ne te reste plus que ça ! réagit enfin Chakani. Tu viens te moquer de moi jusqu'ici ? De toutes les façons, rien ne m'intéresse plus. Que veux-tu, sincèrement ? »

Pour toute réponse, Chaata se mit à sangloter. Chakani n'en croyait pas ses yeux. Son cœur avait « cessé de battre » depuis belle lurette, mais là, c'était trop fort. Sa respiration s'accéléra. Il eut besoin de reprendre son souffle, et se drapa dans le silence. Il se tourna vers Chaata. Quand enfin, il se décida à parler, Chaata lui mit la main sur les lèvres. Il en frémit, car il ne connaissait pas de gestes d'affection d'une personne autre que sa mère. Une étincelle de vie brilla dans ses yeux. Il secoua la tête et dans un murmure inaudible, il dit :

— Ce n'est pas possible.

— Si ! répondit Chaata, j'ai eu la même réaction que toi. Tu ne l'as pas cherché moi encore moins. Mais choisit-on ses parents ? Dieu l'a voulu ainsi.

Chaata lui relata alors les faits dans les moindres détails. Il était devenu silencieux. Il feignit de ne pas être ému. Il était fort et devrait tout faire pour ne rien laisser paraître. Ce n'était pas parce qu'il était en prison qu'il devait être faible. Non, loin de là, pensa-t-il.

— Maman Djouldé est là ; elle attend dehors, dit Chaata. Elle voulait que ce soit moi qui t'en parle. Voilà, tu sais toute l'histoire maintenant. Je l'appelle.

— Il est souvent difficile d'oublier certaines choses, murmura Chakani, mais on peut vivre avec puisque le destin en a décidé ainsi. Je suis loin d'être un saint. J'ai fait trop de mal aux personnes qui m'aiment. Vous serez tous débarrassés de moi, bientôt. Ce fut un plaisir d'avoir fait ta connaissance.

Il se leva, laissant Chaata là.

— Chakani ! cria Chaata en courant derrière lui. Il ignora son appel. Elle l'attrapa, lui prit la main. Il se débattit et tourna les talons en esquissant le sourire le plus triste de sa vie. Perdre une sœur qu'il venait juste de découvrir était dur ! Il lui adressa un dernier regard que Chaata eut du mal à comprendre. C'était la dernière fois qu'ils se voyaient.

Elle le regarda s'éloigner avec le surveillant qui referma la porte de sa cellule sur lui. Chaata eut un pincement au cœur. Et dire qu'elle est à la base de son arrestation. C'est elle qui avait mis la puce à l'oreille du policier Satan. Elle ne lui dirait jamais cette vérité à son frère, pas par honte ou par gêne, mais parce qu'elle ne voulait pas en rajouter aux malheurs de Chakani. C'était mieux ainsi.

*****

Cet aveu finit par rendre Chakani de plus en plus calme. Dire qu'il avait essayé de faire la cour à sa propre sœur ! Il devint indifférent à tout. Il subsistait fort mal avec l'argent que sa mère réussissait à lui envoyer en cachette avec l'aide de Kartioh. Il vivait dans la solitude extrême, amaigri, mais s'accrochait à l'espoir que Kartioh lui avait donné : la possibilité de s'évader.

Finalement, il s'était attaché à Faki, un autre camarade de cellule. Les deux essayaient de se tenir compagnie et se remonter mutuellement le moral.

— Tu sais, Chakani, dit Faki, rien ne m'intéresse plus dans la vie. J'ai été dégouté. Je pense que la prison est même mieux pour moi.

— Non, toi aussi, ne dis pas cela ! La prison, je ne le souhaite même pas à mon pire ennemi. Regarde.

Il descendit son pantalon et montra ses fesses à Faki. Celui-ci sursauta et eut un pincement au cœur. Il n'en croyait pas ses yeux. Il y avait des boutons et

158

des plaies sur l'anus de Chakani. Il arriva à lui poser la question :

— C'est quoi ça, toutes ces laideurs ?

— On me viole chaque soir, Django et sa bande. J'ai tellement peur de la nuit.

— Incroyable ! Ces enfoirés ! Es-tu sérieux ?

— Si, c'est vrai ! Donc, je ne te comprends pas quand tu me dis que tu préfères rester ici. D'ailleurs, quelle est ton histoire ? Pourquoi es-tu là ?

— Une longue histoire, mon type. Je suis ici par la faute de ma femme, une moins que rien que j'ai sortie de la misère et en ai fait une reine.

— Qu'a-t-elle fait ?

— Tu sais, j'avais eu la « *Green card* », la loterie américaine. Je devrais aller avec toute ma famille résider aux USA. L'Ambassade américaine a exigé un test ADN, comme leur loi l'exige. Mon cher, tiens-toi bien, sur mes trois enfants, un seul est le mien !

— Quoi ?

— Eh oui, nos braves femmes ! Je n'y suis pas allé par quatre chemins. Je l'ai tuée et me suis retrouvé ici. Je ne regrette pas mon geste. Si c'était à refaire, je n'hésiterais pas.

— Je te comprends. Comment l'as-tu tuée ?

— Je l'ai égorgée.

— En voilà une histoire !

— Si tu étais à ma place, que ferais-tu ?

— Ce n'est pas important. J'ai fait pire. J'ai une

montagne de preuves contre moi, incriminantes, irré-
futables.

— Regrettes-tu tes actes, aujourd'hui ?

— Je ne sais pas trop, mais il faudrait que je sorte
d'ici. Dis-moi, je peux te faire une confidence ?

— Si tu me fais confiance. À toi de voir.

— Tu connais Kartioh ?

— Tu veux dire, le surveillant ?

— Oui ?

— Est-il sérieux ?

— Ça dépend de ce que tu veux dire par sérieux.

— Non, est-ce un homme de parole ?

— Je ne sais pas puisque je n'ai jamais rien traité
avec lui.

— Je lui ai promis une grande somme d'argent s'il
m'aidait à m'enfuir.

— S'il le dit, peut-être qu'il le peut. Mais fais attention et ne prends pas de risques inutiles.

— Tu parles, mon ami ! Qu'est-ce qui me reste encore dans la vie ? Vingt ans de prison ! Je n'en peux
plus. Mieux vaut mourir.

— Ne dis pas ça, on ne sait jamais.

— Moi, je ne crois pas aux miracles.

— Moi, je crois en Dieu.

— Laisse Dieu tranquille. Avec tout ce que nous
avons fait, mon cher, je crois qu'il y a longtemps qu'Il
ne pense plus à nous. Il y a longtemps qu'Il aurait dû
nous casser la gueule. D'ailleurs, qui pense à nous ? On

a fait tellement de mal !

— Eh oui ! Je suis d'accord, Chakani.

Les deux amis en étaient là quand un hurlement se fit entendre. Un prisonnier venait de péter les plombs. Il se cognait la tête contre le mur. Il vociférait. Hurlait-il de douleur ou d'amertume ? Soudain, un grand silence se fit. Les prisonniers sortirent de leur cellule et, lentement, se regroupèrent autour de leur camarade. L'un d'entre eux se fraya un chemin, écarta la foule. Il s'approcha du corps qui gisait par terre, le souleva par les aisselles et le transporta aux pieds des gardes de prisons qui, indifférents, jouaient à une partie de scrabble. Les lèvres du camarade tremblaient comme une feuille. Son état semblait critique. Il vomit, s'étira, poussa un dernier souffle et rendit l'âme.

— Tu vois ça, mon cher ? Si on ne se barre pas, le même sort va nous arriver, renchérit Chakani.

Sans répondre, Faki s'éloigna et rejoignit sa cellule, laissant Chakani à ses pensées.

*****

Deux mois plus tard, un matin de lundi ensoleillé, alors que Djouldé était seule dans sa chambre, la sirène de l'ambulance retentit. Djouldé prêta l'oreille comme si elle voulait mieux comprendre. Le son s'approchait de plus en plus et elle en eut la chair de poule. Et si Chakani était malade, se dit-elle ? À cette pensée, elle

161

se mit à frémir sans savoir ce qui se passait. L'instinct maternel ? Eh oui, elle avait bien deviné. Le véhicule s'immobilisa devant leur concession et deux gros gaillards en sortirent, se dirigèrent vers Diamantio, avec des pas lents et mesurés, le regard triste. D'un ton hésitant, ils le saluèrent : « Sommes-nous dans la famille de Chakani ?

— Oui, dit le père, qui égrenait son chapelet. Diamantio, depuis sa confession au Maître El Bachir, ne quittait plus sa peau de prière. Un climat froid s'était installé entre lui et Djouldé. Ils s'ignoraient et se regardaient en chiens de faïence.

— Vieux, dit un des gaillards, êtes-vous son père ? Nous n'avons pas une bonne nouvelle…

— Nous sommes au courant, répondit Diamantio. Il paraît que Chakani est très malade et qu'il a été transféré à l'hôpital principal ? Cela ne me fait ni chaud ni froid. Heureusement que j'ai d'autres enfants. De toutes les façons, quelle que soit la nouvelle, je m'en réjouis. Voilà sa mère, dit-il en pointant son index vers Djouldé.

Les policiers se dirigèrent vers Djouldé et demandèrent à lui parler discrètement. Ils lui chuchotèrent quelque chose à l'oreille. D'un pas d'automate, elle les suivit vers leur véhicule. À sa grande surprise, Chakani se trouvait à bord. Elle faillit tomber, mais on l'aida à se redresser… La prison avait souillé la beauté de son fils. Il n'était plus qu'une loque. Il était comme une bête

pathétique. Sa peau avait perdu la fraicheur de l'adolescence. Ses vêtements étaient sales et en loques. Ses
yeux sortaient de leurs orbites. C'était impressionnant
de voir cet enfant beau, intelligent, sûr de lui-même,
finir dans cet état lamentable. Comme on le dit : *moko
ka sira i labancoko yen*[45]. Chakani craqua en voyant sa
mère :

— Mère, pardonne-moi pour avoir fait de ta vie
un enfer. C'est vrai que tu me le disais tout le temps :
« *a to, ni ma to, a bè to i koro* .»[46]

— Le pardon, c'est la mère des vertus, parvint à dire
Djouldé. Je te pardonne, mais de quoi souffres-tu ?

— Je ne souffre de rien. C'est vrai, j'ai perdu du
poids. Mais cela est normal, car à la prison, on mange
mal. La nourriture envoyée par nos familles, les gardes
se la partagent. Ce n'est pas grave. Tout ceci sera un
mauvais souvenir bientôt, car j'ai une confidence à te
faire. L'ambulance n'est qu'une mise en scène. J'ai pu
me faire une petite économie avec l'argent que tu m'envoyais. J'ai payé les gardes de la prison et ces ceux-là
mêmes qui m'ont aidé à m'enfuir. Je pars ce soir, mais
je ne te dis pas où. Ne crains rien, je contrôle tout. Le
seul regret que j'ai, c'est d'avoir appris seulement et
maintenant que j'ai une sœur. Dis-lui que je ne la hais
point même si j'ai été froid avec elle l'autre jour à la
prison. Ce n'était pas par mépris, mais j'avais honte.

---

45. On doit craindre sa fin..
46. Un homme averti, en vaut deux.

Quelle épreuve pour elle aussi ! Également, ne dis rien à papa. Il comprendra et me pardonnera un jour. J'ai lu récemment une citation d'Avicenne dans un journal qui trainait dans ma cellule : « Le temps fait oublier les douleurs, éteint les vengeances, apaise la colère et étouffe la haine ; alors, le passé est comme s'il n'eut jamais existé ».

Djouldé le serra dans ses bras de toutes ses forces et lui murmura :

— Mon fils, je ne sais pas si on se reverra un jour. Je suis malade, mais je n'ai voulu rien te dire pour ne pas en rajouter à ta souffrance. J'arrive à tenir par le bonheur que j'ai eu à retrouver ta sœur. C'est une fille formidable. Comme tu le dis, c'est vraiment dommage. Une dernière demande mon fils : n'en veux pas à ton père. Il voulait ton bien. Il s'apprête à aller de nouveau à la Mecque. Il te pardonnera. Je pense que tu as tiré beaucoup de leçons ces temps-ci. Moi aussi. Essaie d'avoir une vie rangée désormais. Puis-je compter sur toi ?

— Oui, mère, n'ajoute plus rien. Je te promets et j'ai besoin de tes bénédictions.

— Mes vœux t'accompagnent. Mon fils, *ni moko den kèra sa yé, i basiri i tjela*[47]. Sache que le passé n'a jamais existé !

L'ambulance fonça et disparut dans les ruelles, laissant la mère plantée là, regardant en silence s'éloigner

---

47. Même si tu étais un serpent, je t'attacherais à ma ceinture.

le véhicule de son fils. C'était comme si sa vie s'arrêtait, se retirait d'elle, lentement, inexorablement. Était-ce la dernière fois qu'ils se voyaient ? Elle refoula vite cette idée funeste. Elle devait garder espoir. Parce qu'après tout, son fils s'en était bien tiré grâce à des personnes bien intentionnées !

Ce que Djouldé ne savait pas, c'est que le pot aux roses avait été découvert. La nouvelle était tombée à la prison et créa l'émoi. Notre fin limier, Satan, qui veillait au grain, avait mis Kartioh en demeure de retrouver le fugitif. Le gardien avait bien voulu s'acquitter de son engagement auprès de Chakani, mais était resté tout de même fidèle à Satan, son ancien camarade de classe. La police fut donc alertée. Chakani fut poursuivi. L'ambulance fut repérée à la sortie de la ville de Kayes où elle tentait de gagner le Sénégal. Une course-poursuite s'engagea entre le véhicule de Chakani et celui des policiers. Des coups de feu partirent. Une balle atteignit un pneu, faisant virevolter le véhicule qui se renversa dans un ravin. Le chauffeur prit la fuite, mais Chakani, à la grande surprise de ses poursuivants, sortit du véhicule, les mains à l'air.

— Je suis à vous, tuez-moi, car je ne veux plus retourner en prison, dit-il avec calme.

— Je suis désolé mon cher Chakani, répondit celui qui semblait être le chef. Tu ne nous as pas facilité la tâche et nous, non plus, ne le ferons pas pour toi. Passez-lui les menottes.

— Écoutez. Voyez-vous…

Il mit sa main à la poche et sortit une liasse de billets de banque :

— Prenez ceci et laissez-moi partir. Je ne peux plus retourner en prison. Ma mère va en mourir.

Les deux policiers se regardèrent un instant. Ils acquiescèrent de la tête et prirent l'argent des mains de Chakani.

— Maintenant va et qu'on entende plus parler de toi !

Chakani fit un pas. Un coup de feu déchira l'air. Chakani, atteint au dos, tituba, trébucha, tomba à genoux. Le policier qui avait tiré, ricana :

— On va dire qu'il voulait prendre la fuite, Chef.

Chakani marmonna dans un effort surhumain :

— J'ai échoué. Mais faites-moi une promesse. Je ne veux pas que ma mère apprenne ma mort. Laissez-la vivre d'espoir.

Il sourit avant de s'affaisser pour ne plus se relever.

Instinct maternel ou ironie du sort ? Djouldé qui était retournée dans sa chambre, voulut se lever pour sa prière. Elle sentit subitement une douleur atroce au bas ventre. Elle se rendit compte qu'elle saignait abondamment. Elle qui venait d'en finir avec ses règles il y a seulement dix jours. Elle voulut se redresser, mais tomba en syncope. Elle ne se souvint plus de rien.

Quand elle se réveilla, elle était dans un lit d'hôpital. Chaata était à son chevet. Elle voulut savoir ce qui lui était arrivé, mais l'aide-soignante lui ordonna de se reposer. Elle obéit. Elle passa deux longs mois à l'hôpital entre douleur, frustration et amertume. Puisque son état empirait, elle demanda à quitter l'hôpital pour aller mourir à la maison. Elle en sortit très affaiblie, et continua de dépérir. Elle avait appris la mort de son fils. Elle en souffrait dans sa chair. Heureusement, elle avait retrouvé Chaata. Sans sa fille, elle se sentirait trop seule dans la vie. Cette dernière lui rendait visite chaque jour. Malgré tout, elle n'avait plus envie de vivre. À bout de nerfs, elle se confia à sa fille.

— J'ai trop de poids sur le cœur, ma fille. Je supplie chaque jour le Seigneur de mettre fin à mes jours. Mais je vois que Dieu, pour mieux me punir, n'est peut-être pas pressé de m'ôter la vie. Ton père était quelqu'un de bien. On s'aimait beaucoup. Je prie pour que tu le retrouves un jour, *Incha Allah* !

— Mère, Dieu a un plan pour tout le monde. Moi, je Le supplie de te garder en vie. J'ai perdu trop de temps. Maintenant que je t'ai, Dieu ne peut pas me faire cela. Tu dois être là, surtout que… Elle lui prit la main et la déposa sur son ventre rond. Djouldé bondit et ouvrit grand les yeux. Eh oui, poursuivit Chaata, tu as un petit fils ou une petite fille en cours de route. Je te promets que si c'est un garçon, je lui donnerai le nom de Chakani. Momo est d'accord. D'ailleurs, ses parents attendent l'accouchement pour célébrer le mariage.

167

*****

Six mois passèrent. Chaata donna naissance à un garçon. L'enfant fut prénommé Chakani. La date du mariage fut fixée le lendemain du quarantième jour de la naissance du bébé, comme l'exige la religion musulmane.

Les mariés étaient beaux. Le groupe de Momo était de la fête. Ils étaient tous en costume noir. Zié était le parrain et Alice la marraine de Chaata. Au moment où le Maire célébrait le mariage, des bruits se firent entendre à l'arrière de la salle. Les gens se retournèrent. Les mariés aussi. À leur grande surprise, Diamantio ! Diamantio pria tout le monde de se taire et demanda l'indulgence du Maire. Il avait une bonne nouvelle. Il voulait remettre son cadeau de mariage au nouveau couple et il n'avait pas assez de temps : il devait prendre un vol. Il allait, pour la deuxième fois, faire le pèlerinage à la Mecque. On lui accorda cette faveur. Il claqua les mains et un homme très élégant, en costume sombre, le sourire aux lèvres fit irruption.

— Chaata, dit Diamantio, je te présente Tidiane Diallo, ton père !

Chaata se tourna vers Diamantio. Ses yeux remplis de larmes débordaient de reconnaissance, de gratitude profonde. Diamantio sourit et se dit que ce regard l'accompagnerait toujours.

168

Aussitôt, le groupe de Momo, qui avait été mis dans la confidence et s'était préparé en conséquence pour un show, forma un cercle autour des mariés en larmes. Alors, aux instruments de frémir, le tout mêlé à l'émotion et à la joie ! Les cœurs et les âmes riaient, les jaloux s'inclinaient devant le triomphe du bonheur. Que fait-on alors ? On se laisse tout simplement aller. Le délire devient un droit pour tout le monde. Un ange passa, les ailes lourdes de promesses.

Ce roman a été imprimé
en février 2017
au Québec (CANADA)
par Caius du livre
pour le compte
des Éditions Presses Panafricaines

Made in the USA
Middletown, DE
03 December 2021

53463456R10096